# 犬身

下

松浦理英子



朝日文庫

本書は、株式会社パブリッシンググリンクが提供する電子書籍配信サービス"Timebook Town"上に二〇〇四年四月から二〇〇七年六月まで連載され、二〇〇七年十月、朝日新聞社より刊行された単行本を上・下に分冊したものです。

犬身〈下〉●目次

# 犬身〈上〉●目次

# 犬身《kensin》 下

# 第三章

*kensyu*

# 犬愁

たくさんのことが起こったあの日を思い返すと、フサの心はざわざわと乱れる。

丘の散策から帰ったフサを抱きしめた梓《あずさ》は、頬を伝う涙をフサが懸命に舐《な》めてもすぐには泣きやまなかった。汚れたフサを浴室で洗う間も時おり腕で眼元を拭ったりすすり上げたりし、フサが心配をかけてほんとうに悪かったと謝る気持ちで見上げると、何ともいえないせつなげな眼で見返した。フサはたまらず梓の石鹼の泡だらけの手を舐め、体を梓に押しつけて梓のTシャツの前をびしょ濡れにした。梓はフサを床に引っくり返し、腹や胸元の毛の中に入り込んだ草や土塊《つちくれ》を指で丁寧に取った。その間、床に置いたシャワー・ノズルからはずっと湯が出続けていて、フサの背中や脇腹を温めた。フサは温かな流れと梓の指を感じながら、疲れた体と心を揉《も》みほぐされとろんとした心地で天井を眺めじっとしていた。飾り気もない浴室の天井が南国の空のように見えた。

そしてあの晩初めて、梓はフサを連れて寝室に入り同じベッドで眠らせた。

「人間同士だったらついに結ばれてもおかしくないシークエンスだったな」

夢うつつの世界で、朱尾《あけお》はどことなく愉快そうに意見を伝えてよこした。フサは狼のマスクから眼をそむけて答えた。

「人間同士じゃなくてよかった。そんな通俗的なパターンは踏みたくない」

「だけど、おまえたちだって盛り上がっただろう?」

朱尾の言う通り、あの晩梓とフサが「結ばれる」などということはないにしても、お互いへの情熱の昂《たか》まりを感じたのは事実だった。

寝室の壁には四つ切りサイズのナッツの写真が額に入れられ掛かっていた。チェストの上にはアロマ・キャンドルや置時計の他に、古ぼけたシェパードの縫いぐるみとエジプト神話の犬顔の神アヌビスのフィギュアがあった。ベッドに伏せたフサに梓はそっと綿毛布をかけた。向かい合わせに横たわった梓に首筋や頬を撫《な》でられるとフサも優しい行為を返したくなって、梓の顔に向かって舌を伸ばし唇でも鼻でも触れた所を軽くちろちろと舐めた。梓はくすぐったそうに首をすくめもしたが、表情はいちだんと甘くなり、指先でフサの毛を掻きまわしたり毛の流れに沿ってとかしたりもした。梓が寝入った頃、フサは暑くなって綿毛布から這い出した。寝息をたてる梓の白い顔を見下ろすととてもかわいそうになって、額に前肢《まえあし》を置き撫でるかわりに肉球でそっと押した。その後、枕の端に頭を載せ梓の髪の匂いを嗅《か》ぎながら眠った。

あんなに情熱は昂まっても、胸の裏側にはべっとりと悲しみの膜が貼りついていて、フサとしては人間だった時には経験した憶《おぼ》えのない複雑な心持ちで過ごしたあの夜を、幸福だったとばかりも言えないのだけれど、朱尾は上機嫌に言い募《つの》った。

「全く恵まれた環境だと思わないか？　普通犬好きの人間と人間好きの犬は出会った時から揺るぎない愛情で結ばれるから、劇的に親密さが深まることなんてまずないんだ。それなのに、おまえと梓には絆を強めるきっかけになる出来事がいろいろ起こる。今やおまえと梓は普通の人間と犬の関係以上に深く結びついているよ。梓の不幸のおかげでな」

「わたしは普通の人間と犬の関係で充分満足だったんだけど」

「小さいことを言うな。限りある犬生《けんせい》から汲《く》み取れるだけのものを汲み取らずしてどうする。平板《へいばん》な幸せなんて鳥の餌にくれてやれ。多少の苦しさを支払ってでも愛情と情熱の深みで酔え。淡彩ではなく極彩色《ごくさいしき》の幸せを追え」

「地獄の炎の色の幸せ？　朱尾さんの価値観で煽《あお》られても困るけど」

そうは答えたものの、朱尾の言うことはフサにもわからないではなかった。梓の不幸を知れば知るほどフサは感傷的になりほうっておけない気持ち、離れられない気持ちが強まるし、舐めたり撫でられたりといった行為にも切迫感が籠もる。朱尾の言うような愛情と情熱の深みに酔っているのかどうかははっきりしなかったけれど、フサは奇妙な酩酊感に囚われていた。

梓の方もあきらかに変わった。あの翌日からフサが二度とひとりで敷地を抜け出さないように、それまで以上に門扉《もんぴ》の閉め忘れに注意するようになっただけではなく、フサを寝室に入れて一緒に寝るのをならわしにした。寝室でフサはベッドの上の梓の枕元でも足元でも、あるいはベッドの下の床でも好きな所で眠ったが、梓が寝入るまでは必ず梓の顔の隣に留まった。梓は初めて同じベッドに入った時ほど長い時間ではなかったけれど、眼を閉じる前に決まってしばらく思いを込めた手つきでフサの毛を撫でたり、ただ体に指をかけていたりした。

梓がフサとの愛情の交換をとてもたいせつにしていること、支えにしているというか、ほとんどすがっていることはフサにも感じ取れた。あれほど不幸じゃなかったら梓はここまでわたしに愛情をそそがないだろう、普通の人間だったらこういう依存を重く感じるのかも知れないけれど、わたしがいっこうに平気なのは、さすがにもともと魂の半分が犬という普通ではない人間だっただけのことはある、と自分で感心するのだった。梓の不幸から生まれる悲しみにつきまとわれながらも梓との愛情の交換を喜ぶフサは、幸せか不幸かと尋ねられたなら決して不幸とはいえなかった。

夜になると梓と籠もる六畳ほどの寝室は古代の洞窟のように感じられた。眠る梓のかたわらで暗闇を見回す時フサは、梓とともに兎や雉《きじ》を狩り肉を分け合って食べ、住みかの洞窟では危険な獣の接近を梓に知らせる生活を空想して憧れた。その空想の中の梓は犬だけを、さもなければ狩りの仲間として鷹も伴侶とする単独生活者で、罠をしかけるのも武器を作るのも誰の力も借りない。もちろんそこでも梓は、壺やら碗やらを自分の手で熱心に焼く。フサはといえばあり得ないほどの運動能力を持つ狩りの得意な不死身の犬だった。洞窟に侵入して来る敵は毒蛇でも熊でも猪でも壮絶な闘いの末に必ず倒す。

現実に寝室に侵入して来るのは彬《あきら》だった。彬はいつもいつも床で事に及びたいわけではなく、気がはやっていない普段は普通にベッドでするようだった。彬は梓の家の合鍵を持っていて、離婚以来夜の十時でも十一時でも勝手に入って来て泊まって行くようになった。初めてフサと梓のいる寝室に足を踏み入れた時、床からフサが低く唸《うな》ると彬はびくりとして足を止めたものの、「何だ、おまえか。おれだよ。わかるだろ？　びっくりさせるなよ」と機嫌をとるように声をかけ、急いでベッドによじ上った。噛みついたらろくなことにならない、噛みついたっていいことなんか何もない、とフサは必死で自分に言い聞かせた。

梓と彬のどちらの希望なのか、行為の際にはいつもベッドのヘッドボードの読書灯がついていたので、二人のやっていることはよく見えた。彬のロング・ヴァージョンの性行為にはフェラチオやクンニリングスや体位変えが含まれていたけれども、やはりどこかおかしかった。手や腰の動きがどうにも硬く、ぎこちなくじわりと触るか勢いまかせで一つの動作を繰り返すかのいずれかだし、動作と動作がなめらかに繋がらない。首筋と耳と乳房と性器周辺以外はまるで存在しないかのように触らないのも毎回同じだった。相手への思いやりだとか、性の細かいテクニックに関する知識の有無もかかわっているのかも知れないけれど、音程のとれない人の歌、リズムに乗れない人のダンスに通じる欠落が彬の性行為にはあるように思えた。

たとえばフサが房恵《ふさえ》だった時には、犬を撫でるのでさえ同じ場所を同じような手の動かし方で撫で続けるということはなく、犬の反応を見ながら額やら顎やら胸元やらいろんな所を、軽く叩いたり揉んだり掻いたりさまざまな変化をつけて気持ちよさを感じてもらおうとした。時には片手ではもの足りず両手を使って撫でたものだけれど、そういうこともほとんど無意識にやっていた。梓もフサを撫でる際には同じ具合にしている。彬はきっと愛玩動物に触れる時も一本調子なのだろうが、生きものではなく愛車のような無機物ならば、上手に洗ったり磨いたりできるのだろうか。

梓は寝室の入口に立つ彬に向かってしばしば「入って来ないでよ」と言った。彬はにやにや笑いながら入って来るのだけれども、揺るぎなく強気でいるわけでもないらしく、早い時間に訪ねて来た時などは、拒まれる前に何気なく寝室に入ろうと工夫しているようで、梓よりも先にシャワーを浴びて早々に一人でベッドにもぐり込んだり、梓が寝室に向かうのを見るとその背にぴったりとついて同時に入口をくぐったりするのだった。

しかし、三十代半ばという年齢のせいか、彬は十日から二週間に一度くらいの頻度での訪問のたびに性行為をするわけではなく、ただ並んで話をして眠るだけの日もあった。「親父、この間一日中ベッドから起きて来なかったよ。鬱がひどいらしい。もう引退した方がいいかもな」といった家族の噂とか、「おれが〈ホテル乾《いぬい》〉の代表取締役になったら、まずレストランのシェフとバーのバーテンダーをもっと優秀なのに替える。おやじは今使ってる人間に気がねして、それができないんだ。そんな小心者だから鬱になるんじゃないか」といった家業に関する計画を彬はぼそぼそと話し、じきにいびきをかき始める。

梓と彬がベッドにいる光景を見馴れると、ごくたまにだけれども二人が兄妹だということをフサは忘れた。もともと二人は顔が似ているわけでもないし、梓が「兄さん」と呼ばず家族を話題にさえしなければ、とうに愛情が冷《さ》め別れるきっかけを待ちながら惰性《だせい》でつき合い続けている恋人たちと見間違えてもおかしくはなかった。もっとも、彬が梓の兄ではなく血の繋がらない恋人だとしても、彬の梓に対する態度が専横的で、フサが彬を嫌いなことに変わりはなかったのだけれど。

さらに混乱したのは、兄妹の母親から電話がかかって来た時だった。十一時頃ハンガーに掛けた彬の服のポケットの中の携帯電話が鳴り出し、梓と喋っていた彬が億劫《おっくう》そうにベッドから這い出して電話に出ると、漏れ出したおなじみの声は「お兄ちゃん、どこにいるの？」「梓の所？　帰って来てちょうだいよ。お風呂の電球が切れたのよ。お父さんはつけ替えてくれないし」と彬をかきくどき、果ては「この間だってそこに泊まったでしょ？」などとまるで愛人宅に入り浸る夫に対するもののような恨みがましい科白《せりふ》まで飛び出した。彬は「一晩くらい風呂に入らなくたっていいじゃないか。明日つけ替えてやるよ」というふうに何とか母親を説き伏せると、梓の隣に戻ってこぼした。

「まいるな。女帝も引退してくれねえかな」

「引退って？」梓が尋ねた。

「いや、そろそろ元気をなくしてくれると助かるなって思ってさ。死んでくれとは言ってないぞ」

梓が何も答えないでいると、彬は自分から言い出した。

「おまえはおれとばあさんは二卵性双生児みたいな切っても切れないペアだと思ってるんだろうけどな、おれだって時にはばあさんがうっとうしくなるんだよ」

梓は困惑したように身じろぎしたけれど、フサは彬のその感覚をこの男にしてはまともだと思った。


母親のことで愚痴をこぼしながらも、彬は八月に入ると母親と二人ハワイに出かけた。

母親が電話で梓に旅行の計画を伝えたのは七月の初めだった。

「お父さんったらひどいのよ。夏は自分だけお仲間と韓国ゴルフ・ツアーに行って来るって言うの。お兄ちゃんの離婚もあったんだから、今は玉石《たまいし》家の結束を固める催しを優先して考えるべきなのに、あの人はいっつも自分のことばっかり。だいたい新婚旅行の時から……」

「お母さんを神戸の旅館に残して、一人で甲子園球場に阪神－巨人戦観に行ったんだよね」

「そうそう。今度もまたやられちゃって、癪《しゃく》に障ってしょうがないからあたしもお兄ちゃんにハワイに連れて行ってもらうことにしたわ。あんたは行かないわよね？」

「うん。フサがいるし」

「いっつも犬が、犬がって言って旅行しないのよね、あんたは。ペット・ホテルだってあるというご時世にね。あんたの一人でいたがる性質はお父さんに似てるわ。あたしとお兄ちゃんは寂しがり屋だし、華やかなことも好きじゃない？　今度のハワイの宿はね、ザ・ロイヤル・ハワイアンを取ったのよ。わかる？　ザ・ロイヤル・ハワイアン。ピンク色の宮殿みたいなホテルよ」

「……もうホテル取ってるの？」

「だって、ハイ・シーズンに行くんだからさっさと予約しとかないと。……あら、あんたひょっとして羨んでるの？　あんたは誘っても来たためしがないから、あんたのことは考えずに二名で予約を入れたのよ。実際あんた今断わったじゃないの。あたし、粗忽《そこつ》なことはしてないわよね？　備品のピンクのバスローブ、お土産用としても売ってるそうだから、買って来てあげる」

端《はた》で聞いていたフサは、どうせこの底意地の悪い母親はマカダミア・ナッツしか買って来ないんじゃないか、と皮肉な気持ちで予想した。

母親との電話の際には少し寂しそうな声を出した梓だけれども、八月に入って三人の家族がそれぞれ外国に出て行くと俄然《がぜん》晴れ晴れとした表情になり、陶器作りばかりか家の掃除などもきびきびした動きでこなし始めた。フサにとっても、一週間ほどは彬が決して訪ねて来ないし、母親からも電話がかかって来ないとわかっているのは精神衛生上非常によく、朝夕の散歩の時も自然に浮かれて、一メートルおきに意味もなく眼を上げて梓と温かい視線を絡み合わせた。いつか朱尾が言った表現を借りれば、まさに恋人同士の「デート」の気分だった。

家族から解放された夏の休暇ともいえそうな一週間の真中頃、梓は思いついたように〈天狼《てんろう》〉を訪れた。

「ハワイ、いらっしゃればいいのに。いい所ですよ」

久々の〈天狼〉で、実家の家族が三人とも出払っていることを話した梓に、朱尾は言った。偶然か、その晩の朱尾は黄色が基調色のアロハ・シャツを着て、店のオーディオ装置からはハワイアン・ミュージックを流していた。

「一週間くらい、何でしたら一箇月でも犬はお預かりしますよ。ハワイに限らず、どこへ行かれる時でも」

「一箇月も人に預けたら、フサは不安で死んじゃうんじゃないかな」

梓の方がわたしがいないと不安でやつれそうなのに、と店の隅のソファーの上でフサは思った。

「旅行はともかく、フサが生きている間にわたしに万が一のことがあったら、朱尾さんにフサをお願いしていいでしょうか？　見てるとフサも、わたしの実家よりはここの方が落ちつくみたいですし」

フサも聞き捨てならないと耳を動かしたのだが、朱尾も気遣わしげな声を出した。

「もちろん引き取りますけれど。どうしたんですか？　万が一のことだなんて」

「いえ、特に意味はないんです」梓は笑った。「動物を飼ってて、自分が事故や病気で急死した後の引き取り手を前もって確保しておく人は、わりにいますよ。わたしもその一人です」

「なるほど。では日頃からフサに言い聞かせておいてください。梓さんに万が一のことがあってひとりぼっちになったら、自力でここまで歩いて来るように、と」

そう言いながら朱尾が眼を向けたので、フサは「親切にありがとう」と声なきことばを送り、ついでにふと浮かんだ疑問を投げかけた。

「もし梓がわたしより先に死んだら、朱尾さんとの契約はどうなるの？　幸せな犬生を送れたらっていう条件が満たされないように思うんだけど、魂は渡さなくていいの？」

「まさか。たとえ飼われて三日後に梓が死んだって、三日間おまえが幸せだったら契約は遵守《じゅんしゅ》される」

「それはむごくない？　三日じゃ幸せの芽ばえがあったって程度でしょ？　その芽を育てて、せめて花でも咲かせられなきゃ。実は結ばないとしても」

「契約とはそうしたむごいものだ。それに心配しなくても、遺伝や食事その他の生活習慣から鑑《かんが》みて、おまえと梓は事故にでも遭《あ》わなければ間違いなくあと十五年から二十年生きるだろうよ」

わたしが寿命を閉じる頃、梓は四十五歳から五十歳か、とフサは思いめぐらせた。梓が平穏に暮らせるようになっていれば、安心して死ねるのだけれど。十五年後二十年後には彬も兄妹の母親も年齢並みにおとなしくなって、梓を煩わせないでいてくれればありがたい。今より悪くなっている場合もあるだろうか。たとえば母親が老化でますます感情むき出しで頑固でわがままになるとか。そんな劣悪な境遇に梓を一人残して逝《い》くのはつらい。梓の未来を明るいものに思い描けないわたしは悲観的過ぎるだろうか。

フサも朱尾も梓も何となく黙っているところに、珍しくも扉が開いて客が入って来た。「お、犬がいる」と聞き憶えのある声がした。扉口付近の暗がりから照明の下に抜け出て来たのは久喜《くき》兄弟で、声の主は弟の道広《みちひろ》だった。フサは一瞬驚いたけれど、このバーに初めて入った時は久喜と一緒だったのだから、久喜がまた来店するのはさして不思議でもないのだった。しっかり者の道広は愛想よく軽い微笑みを浮かべて朱尾と先客の梓に会釈《えしゃく》してからスツールにすわったが、久喜は十年以上前から変わらない力の抜けたとぼけて見える表情でどさりと腰を下ろした。

「以前お見えになりましたよね？」

久喜に蒸したお絞りを差し出しながら朱尾は尋ねた。朱尾が営業電話でもかけて呼んだのかともフサは思ったのだけれど、違うようだった。久喜はうなずいた。

「随分前だけど」

「お仕事の同僚の方とご一緒だった」

「よく憶えてるね。あ、じゃあ、おれが見苦しいところをお見せしたのも憶えてるんだ」久喜は隣の道広に説明した。「おれ、酔っ払って椅子から転げ落ちたんだよ」

「こんなおしゃれなバーで？」道広は笑いながら応《こた》えた。「一緒に来たのは八束《やつづか》さん？」

梓が「あっ」と小さな声を上げた。

「『犬の眼』の編集長さん？」

久喜は体をぐいと前に倒して、道広越しに梓の顔を覗き込んだ。

「あ、前にうちの取材を受けてくださった、あの丘の窯場《かまば》の……」

久喜は名前を忘れてる、とフサが察した時、道広が声を上げた。

「えっ？　じゃあ、あなたが玉石梓さん？　ぼく、お兄さんにいつもお世話になっている者です。〈ホテル乾〉の印刷物はほとんどうちでやらせていただいてて」

道広は手早くズボンの後ろポケットから名刺入れを取り出し、まず梓に、それから如才《じょさい》なく朱尾に名刺を渡した。兄弟が飲み物を注文し終えるのを待って、梓は久喜に尋ねた。

「八束さんは今どうしていらっしゃるんですか？」

「失踪《しっそう》しました」

「失踪？」

梓の声とフサの心の声は重なった。

「あ、いえ、所在《しょざい》がわからないということです。うちを辞める際、郷里に帰るということは聞いたんですが、その後何も知らせて来ないもので。八束に用があるんですか？」

「用はないんですけど」梓はフサを振り返った。「わたしの新しい犬を見せてあげたくて」

梓の視線を追った久喜はフサをひたと見据《す》えた。フサもしっかりと久喜を見返してみた。久喜はあっさりと顔の向きを戻しかけたが、もう一回フサを見直した。何事か伝わったかとフサは期待したのだけれど、「いい雑種ですね」とお愛想を言っただけで久喜は手元のペルノーを取り上げた。一口ぐいと飲んでから話し始める。

「八束に連絡をもらえないのはわたしも非常に残念なんです。わたしと八束は大学の時からのつき合いなんですけど、もう縁が切れたのかな。わたしは嫌われてたのかも知れません」

連絡できなくてごめん、嫌ってないよ、とフサは心中呟いた。久喜は親しくない梓が相手だからか、房恵が近年ほとんど耳にすることのなかった、大学のゼミでの発表を思い起こさせるよそ行きの調子で滑舌《かつぜつ》もよく話を続けた。

「猫は死期が迫ると飼われていた家を出て、誰の眼にも触れない所でひっそりと死ぬ、といいますが、八束が消息を絶ったことを考える時、いつもこの猫の話を思い出すんですよ。猫にたとえるのは犬馬鹿のあいつにはふさわしくないんだけど」

「八束さんが死を選んだと?」梓は眉をひそめた。

「いや、そうは思ってません。ただ、それまでの自分を縁故ごと葬り去って、どこか全く新しい場所に行ったんだっていう気がしますね。もしかしたら今頃外国の難民キャンプでボランティアに励んでるかも知れない、とかね」

「それはとても美しい想像ですね」梓は親身に相槌を打った。

「わたしは文学少年上がりのせいか、つい青臭くも美しい想像をしてしまうんです」

そう応えた久喜は早々に一杯目のペルノーをあけ、二杯目を注文した。道広はちょっとあっけにとられたように、べらべら喋る兄を眺めていた。

「あと、これを言うと幼稚に聞こえるかも知れませんが、八束は犬になりたいって本気で願ってたやつだから、人間から犬へと変身してるんじゃないか、とか。ほんとにそうであってくれたらどんなにいいかと思います」

梓は力強いうなずき方をした。

「たいせつな友達の行方がわからなくなったら、そういうふうにも考えますよね」

久喜は肯定されて調子づいたのか、温かい眼差《まなざし》で梓に微笑みかけてから恰好をつけた表情に戻った。

「他にもわけがあります。実はわたしは八束にはすまないことをしたからです」

何だろう? とフサは久喜のことばを待った。

「東京で働いていた八束をわたしの起こした雑誌社に呼び寄せた時、東京にたくさんいる友人知人から引き離してわたしのそばに置いておけば、いずれは東京の連中と疎遠《そえん》になるし、田舎町で新しい友達もそうそう見つけられなくて、唯一いつも一緒にいるわたしに頼るようになるだろう、という目算があったんですよ」

へえ、久喜はそんなに計画性を備えた人間だったのか、とフサは感心し、過ぎ去った昔の企みに対してはさして不快な感情も湧かなかった。それよりも、久喜が自分との交友を妙に物語性に富むものに描くことに違和感があった。房恵と久喜の関係は決してそれほど濃厚ではなかったはずだ。

「頼ってほしかったっていうのは？」

「わたしは八束に個人的に相当の思い入れがあった、ということですね」

「恋愛感情を抱いていた？」

「恋愛感情だか何だかわかりません。言えるのは、わたしにとって八束は異性同性を問わず、これまでの生涯で最も心を許し親密になれた人間だったということです。わたしはもともと男の集団の中にいるよりも、女の友達とカフェで話してることの方が楽しいという男なんですけど、八束と一緒にいるととりわけ楽でした。文学や映画の趣味も合って会話も面白かったですし。これが男同士だったら、あるいは女同士だったら、いつかそれぞれ異性と結婚して自分の家族をいちばんたいせつにするようになるんでしょうけど、わたしと八束は幸いにも男と女なので、恋愛感情を抱き合っていようがいまいが、結婚してずっと一緒にいることができる。だからわたしは、われわれが男と女の組み合わせであったことを僥倖《ぎょうこう》と思ってたんです。ところが、八束の方はわたしと結婚する気は全くなかったんですね。あいつは人間よりも犬に興味があったから」

久喜はことばを切ったが、梓は受け答えに困ったのか口を閉ざしたままだった。座を持たせるように、道広が快活に言った。

「じゃあ兄さん、犬に負けたんだ？」

「まあな。おれは犬にも劣る男だよ」

そんな不愉快な慣用句を平気で使うからしょっちゅう喧嘩になったのよ、とむっとしたフサだけれども、久喜の話に耳を傾けていくぶんしんみりとした気分になっていたので、それ以上の責めことばは出て来なかった。

何事か考え込んでいる様子の梓の前に、朱尾がお茶と見える褐色の飲物の入ったグラスを置いた。そういえば、梓は注文したブルー・ハワイをとうに飲み終わっていて、そろそろ帰ろうかという頃に久喜兄弟が入って来たのだった。梓は朱尾に目礼してから久喜に顔を向けた。

「今のお話だと、久喜さんと八束さんは男と女である前に他の何かであったかのように聞こえるんですけど」

「他の何かか。そうかも知れないなあ」久喜は回想する眼つきになった。「いちばん恋人同士に近い仲だった時期だって、どこか違ってたんだよな。男と女だから当然こういうことをするだろうと思うことをやってただけで。あれはあれで悪くなかったけれど」

あんまりそういうことを事細かに喋らないでほしい、とフサが気を揉んでいると、朱尾が口を出した。

「ほんとうは豹《ひょう》とライオンの組み合わせなのに、豹同士かライオン同士のようにつき合ってしまった、というお話でしょうか？」

「それはうまいたとえですね。でも、わからないや」

「豹とライオンだったら子供ができるんだよね」道広が言った。

「レオポンですね」梓が応じた。

「そう、組み合わせによっては近似種《きんじしゅ》の間に子供ができる」朱尾は言った。「だからほんとうは豹とライオンなのに、自分たちは同じ種だと思い込んで結婚したり子供をつくったりしているカップルも、この世にはたくさんあるのかも知れませんね」

「それでうまく行ってれば何の問題もないですよね？」と道広。

「そうだよ。おれはうまく行かなかったからこだわってるんだ。きっと一生うじうじと考え続けるんだろうな。夏目漱石の主人公みたいにさ」

フサは思わず朱尾に「そんなんじゃ女にもてないからやめろって言って」と頼んだが、朱尾は「そんな出過ぎたことが言えるか」と断わった。屈託なく意見を言ったのは道広だった。

「だけどさ、簡単にいえば、変わった女の人と仲よくなったけど結ばれなかったって話だろ？　複雑に考え過ぎじゃない？」

「そう言えば会社員やってた頃上司によく言われたな。おまえは女について考え過ぎだ、オス性が弱いって。だけど、それを言ったのはメスなら牛でもいいっていう人でさ。実際高校の時、郷里の牛小屋で雌牛を相手に童貞を捨てたんだって。そんな話聞いたら、おれオス性弱くてよかったって思ったよ」

そこまで話して久喜は、気がついたように梓に向かって頭を下げた。

「すみません、品のない話を」

「いえ、興味深いです」梓はまじめに応えた。「牛でもいいなんて、そこまで男女の性別にこだわることができるものなんでしょうか？」

「全くです」久喜はにっこり笑ってうなずいた。「実のところは性別にこだわってるんだか、物理的な形状にこだわってるんだか、わかりませんけどね」

誰も相槌を打たず話が終わったかと見えたところに、朱尾が言った。

「男と女だということに囚われるがゆえに起きる間違いってあると思いますよ」

俯《うつむ》いて考えごとをしていた梓が顔を上げ何か言いかけた。しかし、朱尾の方が一瞬早くことばを継いだ。

「たとえば近親姦。双方合意の上ならば間違いとばかりもいえないでしょうけれど」

朱尾はまた何を言い出すのかとフサの背中の毛は逆立ったのだけれど、梓には特に目立った反応はなかった。朱尾は話し続けた。

「長年馴れ親しんだ家族に対しては欲望が起こりにくい、むしろ性的な接触を持つのを気持ち悪く感じる、というのが大多数の人間の生理です。猿ですら親子やきょうだいの間では性行為をしないと聞きます。それに対して強制的な近親姦のできる人間は、対人感覚が正常ではないのはもちろんのこと、相手の性別へのこだわりが尋常ではない気がします」

話に乗ったのは久喜だった。

「そういえば、さっきの牛とやったおじさんは、男なら母親や妹とやりたいと思ったことがあるはずだって主張してたな。観念だけでほんとの欲望は抱いてなかったかも知れないけど。だって、近親姦の話の中で『タブーを犯すことの快楽』とか『自由とは』とか熱弁ふるい出すんだから」

「どこかの時代で頭が止まってるね」道広が笑った。

「牛とやった時にも『おれは何て自由なんだ』って自分に酔いしれたらしいぜ」

久喜兄弟は笑い声をたて、朱尾もうっすらと微笑んだ。梓はごく自然な態度で腕時計を見、バッグから財布を取り出して「お勘定を」と言った。

朱尾は円山応挙《まるやまおうきょ》の描く仔犬の絵が印刷された扇子《せんす》で首元を軽く煽いでいた。盛夏とはいえ現実世界と違って夢うつつの世界は暑くなり過ぎることもないのに、わざわざ扇子など持ち込むのは季節感の演出だろうか、そういえば樹なんてどこにも生えていないのにかすかに蟬《せみ》の鳴き声も聞こえる、などとフサが黙って考えていると、朱尾は尋ねた。

「この間の晩のことに文句を言わないのか？」

「だって、別に梓が近親姦の話でことさらに苦しんだわけじゃないし、ひそかにつかんだ人の弱みを何にも知らないふりをして突つくっていう朱尾さんの手口は、もうおなじみだもの。そういう性癖は治らないだろうしね」

「性癖か。まあ性癖だが」

「久喜はあの後泥酔《でいすい》しなかった？」

「泥酔寸前で弟がうまいこと連れて帰ったよ」

会話はあまりはずまなかった。その日の夜彬と母親が帰って来る予定で、正午あたりから梓の顔がだんだん暗くなって来ていたのも、フサの調子が上がらない原因だった。

梓がリビング・ダイニング・ルームのホワイト・ボードに書きつけた、ホノルル便の中部国際空港到着時刻からすると、彬と母親が差尾町《さしおちょう》の家に帰り着くのは夜遅くになる。しかし早ければ今晩にも母親から電話がかかって来るかも知れない、と思うとフサも息苦しくなった。

日暮れ時、梓は短かった夏の休暇を惜しむように、庭先に蚊取線香を焚《た》き椅子を出してビールを飲みながら夕涼みをした。その間も、手元に携帯電話を、家の上がりはなの所に電話の子機を置き、母親からの電話に備えるのだった。韓国ゴルフ・ツアーに出かけた父親の方は母子の帰宅の前の日に帰って来ているはずなのだけれども、帰宅を知らせても来ないし、何度か実家に梓が電話をかけても出る者はなく、しかたなく梓は留守番電話に「お父さん、無事帰って来てる？」というメッセージを残していた。

はたして十時頃母親は電話をよこした。第一声は「お父さん知らない？」だった。

「昨日帰ってるはずよね。でも、旅行鞄もないし履いてった靴もないし、何だか帰った形跡がないの。ホテルの方にも顔も出してなければ連絡もないって。失礼しちゃうわねえ。帰国予定日を変えたんなら変えたって、ちゃんと知らせてほしいわよね。あの人はほんとに、そういうところ思いやりがないんだから」

「一緒にツアーに行った人たちは帰ってるの？」

「ああ、今日はもう遅いから電話してないんだけど。明日してみるわ。それはそうと、ハワイよかったわよ」

「旅行会社や航空会社にも問い合わせるといいかも」

「そうね、じゃああんた、それお願い。お父さんのことだから放浪癖が出たんじゃないかしらねえ。ハワイ、やっぱりホテルが素敵でね。あ、ピンクのバスローブ、買いそこねちゃったんだけど。パイナップル・ワイン買って来たから明日取りにいらっしゃい」

ダイヤモンド・ヘッドがああだったとかサンセット・クルーズがこうだったとか潑溂《はつらつ》と旅の思い出を話し続ける母親に、電話のこちら側で白けた表情になっていた梓だが、梓も父親の行方《ゆくえ》がわからないことをそれほど深刻には心配していないようで、切り際には「お父さんが明日帰っても、あんまり責めないでね」と冗談めかして言ったくらいだった。ところが、父親は翌日もその翌日も帰っては来なかった。


「しばらくだったな」

梓とフサが寝ているところにスーツ姿で入って来た彬は、掛布団の上から梓に覆《おお》いかぶさると、吐息混じりの甘ったるい声で言った。梓のそばに横たわっていたフサは、倒れかかって来た彬をよけてベッドから床に転がるように飛び下りた。梓の熱のない声が聞こえた。

「しょっちゅう会ってるじゃない」

「こうやってゆっくり会うのが久しぶりだって言ってんだよ」ややいらだった気《け》ぶりを見せた彬だったが、すぐに口調をやわらげた。「やっと落ちついたからな、職場もおふくろも」

離婚で息子の満《みつる》が身近にいなくなったからか、この頃彬は母親を「ばあさん」ではなく「おふくろ」と呼ぶようになっていた。

「まあホテルの方は、支配人一人いなくなったたって業務が止まるなんてことはないし、おやじの放漫経営の改善っていうやりがいのある仕事に取り組めるからまだ気が楽だけど、おふくろ鎮《しず》めるのは骨が折れたよな。おまえもたいへんだったろ?」

兄妹の父親の行方がわからなくなってからの母親の荒れようと梓への当たり散らしようを、フサは思い出したくもなかった。

旅行会社に父親が帰宅していないことを伝えた際にまず知らされたのは、基本日程が三泊四日のゴルフ・ツアーに出かけた総勢六名のうち、父親一人だけが二泊の延泊を申し込んでいたことだった。続いて旅行会社の調査で、父親が韓国で泊まっていたホテルを予定通りにチェックアウトしていること、搭乗予定だった帰国便に乗っていないことがわかった。そのあたりではまだ母親は「飛行機に乗り遅れたのをきっかけに放浪癖が目覚めたんじゃないかしら。まめに連絡する思いやりはもともとない人だし」と、せいぜい一週間もすればひょっこり帰って来るだろうと楽観しているような口ぶりだった。

そんな母親を「でも、事故や事件に巻き込まれた可能性もあるし、手がかりでもないかみんなに訊いてみた方がいい」とせきたてたのは梓で、ようやく不安げな表情を覗かせるようになった母親と梓は、旅行中の、また最近の父親の様子に何か変わった兆候は見られなかったか、一緒に旅行に行った人たちや父親かかりつけの河井《かわい》メンタル・クリニックを訪ねてまわった。フサは人の家や職場には上がれなかったけれど梓の車の後部で待っていて、母親の機嫌がだんだん怪しくなるのをまざまざと見た。

初めのうちは「お父さんはもともと無口でむっつりしてるから、みんながお父さんの様子で特に気づいたことはなかったって言うのも無理はないわよね」と分別ありげなことを言っていたのが、「そんなに何の兆《きざし》もないものかしら?」「河井先生も、お父さんは近頃ゴルフ・ツアーに行っても差し支えないくらい安定してたって言うけれど、実際行方不明になったんだからねえ」とだんだん不満そうな口ぶりになって行き、「結局誰も他人のことなんか見てやしないのよね」と恨みがましく呟いた後、一挙に責める態勢に入った。

「あんた、毎日お父さんに電話してくれればよかったのに。ホテルの電話番号聞いといてさ」

助手席の母親のことばを冗談と受け止めたのか、運転席の梓は小さな笑いを吐いた。しかし母親は本気だった上に、ひとこと言えば気がすむ性分ではなかった。

「あたしとお兄ちゃんはハワイだったけど、あんたはずっとうちにいたんだから電話できたでしょ?」

「韓国に毎日国際電話? 考えつかなかった」

「気がきかないんだから、もう。お父さんが鬱気味だってわかってたでしょ。だいたいあんたはお父さん担当なのに」

「何? お父さん担当って」

「あんた小さい頃からお父さんっ子だったでしょ?」

「そうかな?」

「そうよ。あんたはお父さん、お兄ちゃんはあたしって具合に組になってたじゃない。だから、もっとお父さんに気をつけてあげてほしかったわ」

「……そうかも知れないけど」

「あんたは一人で暮らして好きなことばっかりやってるんだから、電話くらいしてあげるべきだったわよ。玉石家の一員としてね」

梓は黙り込んでしまった。フサも母親の無茶な言い分にはあいた口が塞がらず、梓の力ない肩口が眼に入ると母親を威嚇《いかく》したくなって、助手席と運転席の間に顔を突っ込み、母親の腕を鼻先で突いて不機嫌な表情で見上げた。母親はすぐには突かれたことに気づかず、数秒たってからはっとしたようにフサに眼を向け「何なの？　犬は引っ込んでなさい」と逆に威嚇して来た。それでも気が逸《そ》れたのかしばらく沈黙し、次に口を開いた時にはだいぶん勢いは弱まっていた。

「あたしが若い頃、人が不意に行方をくらますことを『蒸発』っていったのよ。まさか今頃になってお父さんが蒸発するとはねえ」

夏の間中、母親からは毎日の電話はもちろん実家への呼び出しが何度となくあった。母親と彬と梓が寄り集まったところで事態が進展するわけではなく、もっぱら母親の感情の発散に子供二人がつき合わされるだけだった。父親が身勝手だ、変人だと繰り返す母親の舌鋒《ぜっぽう》は「お父さんがあんなになったのは先代がお父さんに厳し過ぎたからなのよ。お父さんが若い頃は他の従業員の前でもしょっちゅうどなりつけてたっていうんだもの」と父親の父親にまで及び、「お父さんもかわいそうな人なのよねえ」と同情もするものの、最後は決まって「それにしたって、どうして家族を捨てられるのかしら」と憎らしげに唇を噛んだ。

父親の妹夫婦を家に呼んで親族会議を開き、韓国の日本総領事館に捜索願いを出すことを決めた頃が母親の怒りのピークで、母子三人でいる時に「お父さんったら、無言電話すらかけて来ないっていうのはどういうことなの？　梓の所には連絡なかった？」と言い出し、梓がないと答えると、「あたし、あんたが何か知ってて隠してるんじゃないかと思うことがあるわ」などと口走って、梓を唖然とさせた。さすがにその時は彬が「おやじは誰にも何にも打ち明けない人間だよ」とやんわりと母親をいさめたのだった。

父親の妹だという人は、父親とも彬とも違うごく普通の雰囲気の人だった、とフサは思い返す。義妹夫婦に向かって母親は、「あの人の支えになってあげられなかったのを、妻として申しわけなく感じています」とまずは殊勝に語ったものの、少したつと例の新婚旅行中に夫が自分をほったらかしてプロ野球を観に行ったエピソードから始めて、どんなに夫が冷淡で心を閉ざして生きて来たかくどくどと訴え続けたのだけれど、義妹の方はいっさい口を挟まず抑えた表情で耳を傾け通して、帰り際に梓の耳元にこっそり「いろいろ苦労があると思うけどしっかりね」と囁きかけた。

「おやじはどこでどうしてるんだろうな」

彬は脱いだジャケットをベッドの端に放り、再び掛布団の上、梓のかたわらに体を投げ出した。兄妹は疲れた声で話し始めた。

「生きてるとしたら、日本には帰って来てるよな。ことばの通じない韓国をさまよってるとは思えないし」

「クレジット・カードを使ってる形跡がないのが気になるんだけど」

「そうなんだよな。だけど、おれたちの知らないカード、おれたちの知らない銀行口座を持ってるかも知れないぜ」

彬が腕かどこかをぼりぼりと掻く音が響いた。

「おれさ、おやじが持ってったゴルフ・バッグがどうなったか気になってるんだ。韓国のどこかに捨てたかな？　蒸発した人間が重いゴルフ・バッグをだいじに持ち続けるとも思えないし」

「どうして気になるの？」

「いや、おやじの持ってるクラブでほしいのがあったんだよ。サークルTっていうパターでさ。普通じゃなかなか手に入らなくて、たまに売ってると二十五万くらいするやつな。ひょっとしたら家に置いて行ったかなって思って調べたけど、なかったからやっぱり持って行ったんだな。あれ、捨てたんだとしたらもったいねえな。韓国で売ったかも」

彬はあくびをして腕をばたりと梓の体の上に落とした。

「おやじ、女の所にいるのかな。昔の愛人の所かもな」

「愛人がいたの？　昔？」

「いたよ。おまえは小学生だったから知らなかったか。もと客室係の女で、ホテルの一室に囲ってたんだぜ」

「お父さんもまんざら堅物《かたぶつ》でもなかったのね。むしろほっとする」

嘆息した梓の体を、彬は掛布団越しに撫で下ろした。

「だからおれ、おやじが〈ホテル乾〉のどこかの部屋で女と息をひそめて生活してるんじゃないかって妄想が浮かぶ時があるよ。どこかにおやじしか知らない隠し部屋があるんじゃないか、とかさ」

梓もあくびをしたけれど、話を打ち切ろうとはしなかった。

「わたしもおかしな想像をするの。お父さんが日本のどこか片田舎で、佐也子《さやこ》さんと満と三人で静かに暮らしてるんじゃないかって」

「何だよ、それ？　おやじと佐也子ができてるってことか？」

「ううん、純粋にお祖父さんと嫁と孫の関係よ」

「佐也子は実家にいるんじゃないのか？　あいつの親だって満を放したがらないだろう？」

「だから、わたしの妄想だってば。現実の佐也子さんがお父さんと生活をともにしたがるとは思えないしね」

「ほんとに変なこと考えるな」

話が途切れると、彬のたてる息の音だけが聞こえた。少し鼻が詰まっているのか雑音の交じった息の音が大きくなったので寝入ったのかと思ったら、彬は急にまた喋り出した。

「おい、法的に失踪と認められて保険金が入るのは消息不明になってから七年だったよな？　おやじ、いやがらせみたいに失踪宣告寸前に戻って来たりしないだろうな」

「誰へのいやがらせなの？」梓は眠そうな声で尋ねた。

「ああ、そうだ、誰へのだろ」

もぐもぐと呟いた後口を閉ざすと、ほどなく彬はさっきよりも大きな鼻息を響かせ始めた。梓が緩慢《かんまん》な動作で掛布団から片腕を出した。

「寝るなら蒲団に入ったら？」

彬の息の音は一瞬やんだが、返事はなく寝息ははっきりといびきへと変わった。梓は起き上がり、掛布団をめくり縦に二つ折りする要領で彬の体にかぶせた。それからベッドの下の引き出しから毛布を取り出し、自分の体に巻きつけると彬に背を向けて丸まった。すぐに梓も軽いいびきをかき始めた。

スーパーマーケットの駐車場で梓に引綱をつけてもらっている時から、店の壁際で朱尾がふくらんだ籐《とう》の買物籠を提《さ》げ、立ち止まってこちらを見ているのにフサは気がついていた。梓の方は歩き出してしばらくしてからやっと、行く手に朱尾を認めて会釈した。朱尾は梓が近づいて来るとすっと隣につき、あたりまえのように並んで歩き始めた。梓もまたあたりまえのように朱尾を迎え、全く歩調を変えることもなく犬洗川《いぬあらいがわ》沿いの散歩コースに向かった。

梓の父親の失踪に始まる一連の騒動のせいもあって、この頃フサと朱尾が夢うつつの世界で会うのは四、五日に一回程度に減っていたけれども、梓と朱尾はといえば八月から二箇月以上会っていなかった。

「その後いかがお過ごしですか?」

朱尾は天気の話でもするかのように曇り空に眼をやりながら尋ねた。

「お耳に入っているかも知れませんが、実家の方でちょっとありまして」

「お父さんのことですね。さぞかしご心配と存じます」

梓の母親の言うには「〈ホテル乾〉の支配人が韓国で消えたということは、もう狗児《くじ》中の人が知っている」とのことだった。「誰も彼もが『たいへんですねえ、玉石さんのこと』って心配顔で言いながら、あれこれ聞き出そうとするんだからいやになるわ」と母親は顔をしかめるのだった。もちろん朱尾は噂が立つ前から事件を知っていたわけだけれども。

「ようやく馴れて来ましたよ」梓の口調にはゆとりがあった。「父がいなくなったのにも、心配しているのにも」

犬洗川の土手には秋風が強く吹いていた。それまで梓の左側を歩いていた朱尾が風上の右側に移動したのは、少しでも風よけになってやろうというつもりなんだろう、とフサは推測し、どうして興味も好意も持てないという相手にここまで気を配ることができるのだろう、と首をひねった。梓の信頼を得るためだとしても、当の梓が気がつきそうもないほどのさりげなさで親切を施すんだから。フサの疑問をよそに朱尾は完璧な好人物顔で梓に話しかけた。

「この間お兄さんがお見えになりましたよ」

「兄が〈天狼〉に?」梓は虚を衝《つ》かれたような声を出した。

「金曜日だったかな。久喜兄弟の弟さんの案内でした」

文句をつける権利なんてないのだけれども、自分と梓の数少ない自宅以外の憩《いこ》いの場にいやな影が差したようで、フサは道広の顔を思い浮かべ、恨みがましい気持ちで朱尾に声なきことばを送った。

「全く、いわゆるいい人っていうのは一片の悪意もなく爽やかな笑顔で困ったことをしてくれるんだから」

朱尾からは、どことなく楽しげな波動が伝わって来た。

「はっきりと意図を持って人を困らせる者の方がいいか?」

「うん、そっちの方がまし。怒ることもできるし、面白味もあるし」

フサが答えると、波動はいっそう細かくなりソーダ水のように泡立った。

その間も朱尾は梓との会話もこなしていた。

「兄は朱尾さんを憶えてましたか?」

「いいえ。でも、わたしのカクテルは褒《ほ》めてくださいましたよ。これほどの腕があるのに、何でこんな繁華街から遠い不便な場所に店を開いたのかって訊かれました」

「すみません。失礼な言い方ですよね、それは」

「お気遣いなく。不快ではありませんでしたよ。彬さんは〈ホテル乾〉でバーをやらないかと誘ってくれました」

「えっ？」

梓が驚きの声を上げるのと同時に、フサも思わず足を止めて朱尾を見上げた。歩き続ける梓に引きずられそうになってあわてて小走りに後を追うと、見下ろした朱尾がその恰好がおかしいというように笑った。

「ホテルを一部リニューアルするとは言ってたけど」前方を見つめたまま呟いた梓は、朱尾に向き直って尋ねた。「兄の誘いを受ける気はあるんですか？」

「そうですね。心惹《ひ》かれないこともないですね」朱尾はじれったいほどゆったりとした口調で答える。「今の場所だと客を選んで会員制のようにやれていいんですけど、そろそろ人材切れになって来ましたし。〈ホテル乾〉に移って顧客の新規開拓をするのもいいかな、と考えているところです」

「今の店はたたむんですか？」梓が心配そうな声でさらに問いかけた。「寂しくなります」

「移転先にも来てくださいよ。少し遠くなりますけど、バス一本で行き来できる所ではありませんか。それに、おうちの経営するホテルでしょう？　飲み過ぎたら泊まらせてもらえるのでは？」

「家族だからってただで泊まらせてくれたりしませんよ」

沈んだ声で応えた後梓が黙り込んだので、朱尾は真摯《しんし》な声で慰めにかかった。

「まだ決めたわけではありませんから。ホテルの方は別のバーテンダーにまかせて、わたしは今の店を続けるということだって不可能ではありませんし、そんなにがっかりしないでください」

「そう言っていただけるだけで充分です」梓は振りきるように言った。「頻繁に顔を出すわけでもないわたしのような客に、移転しないでくださいなんてお願いする資格はないですもんね」

「梓さんは特別ですよ」朱尾はそこで一拍置いた。「フサを引き取ってくれた人なんですから」

梓の気分がたちまち上向くのがフサには手に取るように感じられた。朱尾はますます優しげな声音で続けた。

「いずれにせよ、わたしはここに住んでいますから、店は休業しても梓さんがフサを連れて遊びにいらしたら何でも好きな飲み物をお作りしますよ」

ちょうど〈天狼〉の前に着いたところだった。朱尾は梓がにっこり笑うのを見定めると、「ちょっと待っていてください」と言い残して一人店の中に消えた。しばらくして出て来た朱尾は持って来た手提げ袋を梓に差し出した。

「来月、十一月はフサの誕生月ですから、お祝いの品です。ガムその他、犬用品をいくつか見つくろいました。お会いできたので今日お渡しします」

ああ、誕生月なのか、とフサは朱尾のことばを実感もなく聞いたのだけれど、梓は嬉しそうに礼を言って贈り物を受け取った。

「朱尾さんって、ほんとによく気がつきますね。独身なのがもったいないくらい。朱尾さんと結婚した人はとても気分よく暮らせるでしょうに」

朱尾は薄く笑った。

「昔女友達に『あなたのそのうわべだけの優しさが鼻につく』となじられたことがあります」

「うわべだけの優しさだって尊いでしょうに」

「同感です」

朱尾は手を延べて梓に握手を求めた。二人ともにどこまで心が籠もっているのか知れたものではない、奇妙な握手だった。誰にも本心を打ち明けない梓と、そもそも本心などというものがあるのかどうかわからない朱尾は、それなりに相性がいいのかも知れない、とフサは考えた。梓と一緒に〈天狼〉に背を向けてから、フサは朱尾に声なきことばで尋ねた。

「ほんとはどうするつもりなの？　店のこと」

「〈ホテル乾〉に移るよ。何か面白いことがあるかも知れないからな」

梓相手に喋っていたのとはまるで違う粗《あら》い肌触りのことばにびくりとして、フサが振り返ってもすでに〈天狼〉の前に朱尾の姿はなかった。


昼下がり、リビング・ダイニング・ルームの床でガラス戸越しの陽の光を浴びながら、フサはナイロンの棘《とげ》をたくさん植えたボールを前肢で押さえ、がしがしと噛んでいた。形はウニに似ているけれどウニではなくベーコンの匂いのするボールは、玩具を兼ねた歯磨きの道具だそうで、昨日朱尾がフサの誕生月のお祝いにくれた物の一つだった。歯磨き効果があるのかどうかはよくわからなかったけれど、少し体を動かしたい時、気を紛《まぎ》らわせたい時、考えごとをしたい時などに、このボールを噛むとなかなか具合がいいようだった。

今ボールをかじりながら、フサは午前中に夢うつつの世界で交わした朱尾との会話を思い返していた。〈ホテル乾〉に店を移して何をしようというのかというフサの質問に対して、朱尾はそっけなく答えた。

「今のところは何の計画もない。ただ彬に近づいて弱みはないか探るのさ」

「弱みを見つけたら彬を破滅させてくれるの？」

「そこまでは考えてない。だいいち破滅って何だ？　死なせるのか？　監獄にでも叩き込むのか？」

「わたしもそこまでは考えてないけど」

「おまえは自分の手を汚さないから平気で大それたことを言う。実際に手を下すこちらの身にもなってみろ。指を一振りすれば物事が動くわけではないんだ」

「そうなの？　何でも楽々やってるのかと思ってた」

朱尾は狼のマスクの下で舌打ちを響かせてから、吐きつけるようにことばをよこした。

「犬の一匹くらいなら楽々殺せるけどな」

またそういういやみを、と言いかけて、不吉な連想が働いた。

「朱尾さん、犬を殺したことがあるの？」フサは一度ことばを呑んだ。「まさかナツに手を下した？」

「馬鹿を言うな。あれは血栓《けっせん》で死んだんだ」

朱尾は平静に答を送って来たけれども、フサは朱尾を疑っているのか自分で自分の想像にショックを受けたのかわからないまま、凝然《ぎょうぜん》と朱尾のガラスの眼玉を見つめるばかりだった。朱尾は溜息をつき、ことばをゆっくりと区切りながらつけ足した。

「わたしは、ナツを、殺していない」

簡単に信じることができたらどんなに楽だろう。フサは棘つきボールを嚙みしめた。犬に手をかけるような者が身近にいるなんて考えてもみなかったから、当時は特に気に留めもしなかったけれど、思えばナツの死は突然過ぎた。それに、わたしが朱尾に犬になれと勧められ、だけど梓に飼ってもらえるかどうか案じていたまさにその時に、梓の飼犬が死んだのはタイミングがよ過ぎる。朱尾が、梓が新しい犬を飼えるような状況をつくってわたしが魂譲渡《じょうと》契約を交わす決心をするように仕組んだのだとしたら、万事辻《つじ》褄《つま》が合う。もしそうだとすると、わたしもナツの死に責任があるということか。それではあんまりつらいから、殺していないとはっきり言った朱尾を信じたいのは山々なのだけど……。

「おまえはよけいな想像をして自分で自分を苦しめているんだ。ナツが生きてたって梓はおまえを飼ったさ。殺す理由なんかない」

朱尾のそんなことばも甦ったけれど気が滅入るのをどうにもできず、ボールをくわえたまま床に顎をつけぐったり伏せたフサの耳に、笛を一吹きした音が届いた。振り向くと、ダイニング・テーブルで先の尖《とが》った細長い円錐《えんすい》形の笛を手にした梓が微笑んだ。それも朱尾からの贈り物の一つ、鹿の角から作られた犬笛だった。人間だった頃フサも金属製の犬笛を一つ持っていたけれど、鹿の角でできた犬笛から出るのは、人間のハスキー・ヴォイスに似たややかすれたような鳴り方の素朴ながら味わい深い音で、聞こえるたびについ耳を傾けたくなるのだった。梓も気に入っているらしく、包装を解いてからずっとダイニング・テーブルに置いていて気が向くと鳴らしていた。

フサはボールを床に転がすとダイニング・テーブルの所に行き、梓のすわっている椅子の縁に前肢をかけ伸び上がった。もうそんなこともできるくらい体が大きくなっているのだった。梓はフサの頭から首筋にかけてを撫で下ろして歓迎し、もう一度犬笛を吹いた。撫でられた気持ちのよさと犬笛の音色の耳触りのよさに、フサは眼を細めた。

「この音が好きなの？」と尋ねて梓が鼻先に犬笛を差し出した。フサは笛の匂いを嗅ぐと、気に入っている印として愛情を込めてまさぐるように一舐めした。「いい物もらったね」と言ってから梓は犬笛をだいじそうにテーブルに置いた。

テーブルの上に開かれたパソコンの画面をちらりと覗くと、メール・ソフトを使用中で、数行入力ずみのウィンドウが眼に入った。たぶんバルセロナの天谷未澄《あまたにみすみ》へのメールだろうと見当をつけ、椅子に前肢をかけたまま梓の腰のあたりに頭を押しつけて甘えるふりをしつつ確かめようとしていると、梓は「何？　そばにいたいの？」と言って立ち上がり、もう一つ椅子を持って来て自分がすわっていた椅子の隣にくっつけて置くと、二つ目の椅子にフサを抱き上げてすわらせた。

フサは予想外の梓の行為に戸惑ったけれど、すわり直してパソコンに向かった梓が、キーボードに手を置く前にフサの首を抱き頬ずりするように顔を押しつけて来ると、同じ高さに並んですわっていることが楽しくなった。梓は途中時々隣に顔を向け、フサと眼が合うと手を伸ばしてちょっと背中を撫でたりしながら、天谷未澄へのメールを書き上げた。フサは楽々全文を読むことができた。


心配かけましたが、どうにか日常が戻って来ました。

人間はどんなことにも馴れるものです。

高校の時あなたが「馴れちゃいけないこともある」って主張してたのを思い出すけど、この場合は馴れるっていうか、状況を受け入れるしかないでしょう？

そうしないとサバイバルできないしね。

母の顔も被害者の顔からサバイバーの顔になって来ました。
例のホテル乾での秋の個展はやっぱり中止です。
せっかく私の個展に合わせて帰国するって言ってくれたのに、ごめんね。
でも、個展と関係なく、帰って来てくれたらすごく嬉しい。

友達への甘えがほのかに漂うこういうくだりを読むと、フサは梓にも甘える相手がいることに心が安らいだ。

去年の今頃ナツが死んでから随分たくさんのことが起こった気がします。

そういう一文もメールの中にはあり、ぶり返した朱尾への疑いと罪悪感がフサの胸を刺したけれども、何も知らない梓は軽やかにマウスをクリックしメールを送信した。それからウェブ・ブラウザを開きブックマークから選んで呼び出したのは、〈ホテル乾〉のサイトだった。特にデザインに凝っているわけでもないオーソドックスな構成のトップ・ページに、明朝体《みんちょうたい》の青い文字で「ホテル乾が変わります」という告知の文章があり、そこをクリックするとリンク先のページが表われたのだが、詳しい内容が読めるのかと思ったら、出て来たのは「準備中」という一語が左上の片隅に小さく記された以外は真白なページだった。

つまらなそうな表情になった梓が、気持ちを切り替えたようにブックマーク一覧を表示させた時、外でクラクションの音がした。あきらかに停車している車からとわかるクラクションが少し間を置いてまた聞こえたので、梓はガラス戸の所に立って行って外を透かし見た。梓がガラス戸をあけたのとほぼ同時にクラクションがおどけたリズムで三回鳴った。フサは床を見つめて飛び下りられそうかやや迷ったものの、思いきって飛び下り梓と並んで外を見た。門扉の向こうにピンク色の車が停《と》まっていて、葡萄《ぶどう》色の襟なしジャケットを颯爽《さっそう》と着た梓の母親が運転席で手を振っていた。

「出て来るのが遅いわよ。車買い替えたの見てよ」

梓とフサが外玄関まで出ると、母親は助手席のガラス窓を下ろしポーズをとるように肘《ひじ》を窓にかけて、晴れ晴れとした顔を覗かせた。

「気分一新したくて、お父さんのアウディと一緒にあたしのカローラも売ってね。今度はセダンじゃなくて、若々しいツー・ボックスにしてみたの。色も可愛いでしょう?」

「可愛いね」梓は車全体を見渡してうなずいた。

「あんたにも新しい車買ってあげようか?」

上機嫌で言う母親に、梓は控え目に首を振った。

「ううん、今ので充分」

「あんたのことだから断わると思ってたわ。質素な暮らしが身についてるものね。あたしたちはお父さんに捨てられてみじめな思いを味わわされたんだから、今の時期、少しくらい贅沢したってばちは当たらないわよ。でも、いらないのね?」

「……うん」梓は責められているかのように俯きかげんになった。「上がったら? お茶でも……」

「ああ、だめだめ」母親は車の窓にかけた手をぐるぐる振り回した。「友達とのお食事会の前に新車を見せに寄っただけだから。昨日届いたばかりで乗り回したくてたまらないしね。もう行くわ」

母親はガラス窓を上げたが、ふと思い出したようにもう一度下げて顔を突き出した。

「今晩お兄ちゃんがここに来たら、あたしは八時には帰ってお兄ちゃんのご飯の支度《したく》してるからって言っといて」

土曜日なので確かに彬が訪れる可能性が高かった。

「わかった。家に帰るように言う」

「あら、誰も帰れと言えなんて頼んでないわよ」母親は急に声を尖らせた。「単に情報だけ伝えればいいのよ。帰る帰らないはお兄ちゃんが決めることでしょ。何変なふうに気をまわしてるの？」

「ごめんなさい。だけど」梓はたじろぎながらも言った。「そんなに怒らなくても」

見るからにしょげた梓の様子に動かされたのか、母親は態度をやわらげた。

「怒ってないわよ。傷つきやすいんだから、あんたは。そんなんじゃ世の中渡って行けないわよ。とにかく、もう行かなくちゃ」

母親は苦笑に紛らわせながら逃げるように去って行った。ほんの五分かそこらの会話でよくもまああれだけ梓の気分を悪くすることができるものだ。梓は母親を見送って門扉を閉めた後は普段通りの表情になり、見上げるフサに微笑みを向けさえしたけれども、気が治まらないフサはリビング・ダイニング・ルームに戻ると、さっそく棘つきボールに取りつき思いきり牙をたてた。

はたしてその夜彬は七時過ぎに現われた。母親からの伝言を聞いても「あっ、そう。腹は減ってないよ」と軽く受け流し、脱いだトレンチ・コートを梓に渡すとダイニング・テーブルの椅子に腰を据えた。

「おふくろが車買い替えたんだよ」

「知ってる。今日見せに来た」

ビールをテーブルに置きながら梓が言うと、彬は顔を歪めて見せた。

「いったいどうしたんだろうな。いい年して小娘みたいなピンクの車なんかにして」

「生活が変わって気持ちが若返ったんじゃないの？」

「だけどなあ、六十過ぎたばあさんがピンクの車って気持ち悪くないか？　まだ赤なら女性一般向けって感じがするけどさ」

「車に合わせてピンクのスカーフも巻いてた」

「ほんとかよ」彬の眉間《みけん》に皺が寄った。「どうしたもんかな」

「好きなようにやらせてあげていいんじゃない？　つらい思いをしたんだし」

「おまえは無難な言い方しかしないな」彬は不満そうに言った。「おまえと話しててもつまらない時があるよ」

「そう言われても……」梓は困ったように口を濁した。

「どうでもいいと思ってるんじゃないか？　それか、責任とらなきゃいけなくなるようなことは言うまいと決めてるのか？　何かその場しのぎばっかり口にしてるように聞こえるんだよな」

マットレスの上のフサには、さっきはぼやき口調だった彬の声が、喋っているうちにだんだん感情が昂まり険しくなって来たように感じられた。

「おまえがだめなのはそういうところなんだ。はっきりさせるべきところをさせないで、曖昧にやり過ごそうとする。それで物事が丸くおさまると思ってんだろ。姑息《こそく》な処世術だよ。そもそも誠実味を欠いてる」

「ちょっと待ってよ」

梓がたまりかねたように口を挟んだが、腹立ちが腹立ちを呼ぶのか彬は荒々しくことばを継いだ。

「わかってるのか。おまえの陶芸だっておんなじだぞ。きわめるべきところまできわめないでぬるいところで止まってるから、今一つ訴求力《そきゅうりょく》が弱いんだ」

「……そこまで大きな話になるの？」

「なるね。自覚しろよ。おれはおまえにもっと起爆力のある作品を作ってほしいんだよ。見たやつが目眩《めまい》を起こして、思わず自分でもわけのわからない変なふるまいに及ぶくらいのさ」

「それは影響力や支配力への志向でしょ。そんないい気な夢は見たくもない」

答えた梓の声は意外にしっかりとしていた。彬は一瞬黙ったが、すぐに笑い出した。

「おまえ、おれに対しては強く出るよな。おふくろにはからっきし弱いのにな」

「兄さんだってそうでしょ」梓はぼそっと言い返した。

彬はこめかみのあたりは緊張させているのに口元には薄い笑いを浮かべ、空のビール壜を見つめていたが、しばらくして言い出した。

「おまえ、この頃飲み歩いてるんだってな」

「どういうこと?」梓は不機嫌に眼を上げた。

「犬洗川べりのバーの常連だそうじゃないか」

「ああ」梓は拍子抜けしたように息を吐いた。「どうして飲み歩いてるって話になるのかしら。毎週通ってるわけでもなくて、たまに行くだけなのに」

朱尾を〈ホテル乾〉に誘ったのかと梓が訊くかと思ったけれど、梓はまた押し黙った。

彬は今度はものわかりのよさそうな甘い声を出した。

「おまえがいろんな人間とつき合うのはいいことだと思うよ」

梓は探るような眼で彬を見た。

「いろんなやつとの交流で得たものをおれにも分けてくれればもっといい。おれもおれの器をもっと大きくしたいからな」

彬はことばを切って、テーブルの上から鹿の骨の犬笛を取り上げた。

「何だ、これ？　笛か？」

あっ、触るな、とフサは喉の奥で叫んだのだけれど、彬は犬笛を唇に当てて吹いた。だいじな物が汚されたようでフサはがっくりした。彬が吹いてもしみじみといい音がするところが、なおさら悲しかった。笛を置くと彬は尋ねた。

「おまえ、あいつとはやったのか？　あのバーテンダーと？」

梓の顔はあっけにとられた表情から情けなさそうな表情に移り変わった。

「何もしてないわよ」

「何だ、つまんねえ」彬は顔を手で拭った。「おまえの人生は貧困だよ、全く」

「……どうしろって言うの？」

彬は答えないで手を伸ばし、テーブル越しに梓の手を握ろうとした。梓は自分の手をさっと引っ込めた。彬はむっとした様子で梓を睨《にら》み据えた。

「おまえはおれがせっかく……」

彬の科白を遮《さえぎ》ったのは車のエンジンの響きだった。彬も梓もはっとして庭に面したガラス戸に顔を向けた。エンジンの音がやみ、車のドアを開閉する音、それから玄関の扉が開く音がした。

「お兄ちゃん、やっぱり来てるのね。家に電話しても出ないから、帰る前にこっちにまわってみたのよ。大正解だったわね」

兄妹の母親の陽気な大声がリビング・ダイニング・ルームに進入して来た。突然の母親の出現に兄妹はそろってぎょっとした表情になったのだけれども、満面に笑みを浮かべ眼を生き生きと輝かせた母親は、二人がすわっているダイニング・テーブルの上にどさりと長葱のはみ出した白いビニール袋を置き、高らかな声で言った。

「お兄ちゃんが来てたらここでご飯作ってあげてもいいと思って、すき焼きの材料買って来たのよ。梓は夕飯すませた？」

「……まだ」

「あらあ、すごくいいタイミングじゃない。じゃあ待ってなさい、作ってあげるから。テーブル・コンロだけ出しといて」

母親がキッチンに向かってからようやく梓と彬は困惑した顔を見合わせた。母親のはしゃぎぶりとは対照的に、兄妹がことばを交わすこともなくばつが悪そうに眼を伏せたのは、ちょっとおかしみの漂う光景で、後で思い出してもフサの口角は上がった。ことに彬が直前までの勢いをなくして縮こまっているのが小気味よく、わざわざ彬を求めて立ち寄った母親もいやな感じではあるけれど、少なくとも母親のいる間は彬は梓に手出しができないし、ひょっとしたら母親は彬を連れて帰ってくれるかも知れない、と考えるといつもは小面憎《こづらにく》い母親への感謝の気持ちさえ湧いた。

食事の間母親は、すき焼きの鍋に箸を延ばす子供たちを満足そうににこにこ笑いながら眺めていた。

「何だかいいわねえ、こういうの。二十年前に戻ったみたい。お父さんが遅くなった晩はこうやってあたしたち三人でご飯食べてたもんねえ」

十時近くなると母親はあくびをして「帰るの面倒臭くなっちゃった。泊まろうかしら」と言い出し、梓が優しい表情で「じゃあ二階に蒲団敷くわ」と言うと、「お兄ちゃんはどうする?」と眠そうな眼を彬に向けた。「どうしようかな」といったんは難しい顔をした彬だったが、「泊まって行きましょうよ。旅行に来たみたいよ」と母親に促《うなが》され、結局は泊まることになった。彬はもちろん母親と一緒に二階に寝るほかはなく、リビング・ダイニング・ルームを出て寝に行く間際《まぎわ》にちらりと梓に向けた「まいった」と言いたげな表情も、フサの笑いを誘った。

あの晩の母親の急襲は愉快な珍事だった。しかし、母親がしょっちゅうやって来るようになると、フサも梓も笑っていられなくなった。

彬の帰宅が遅くなりがちな土曜日の夜、あるいは休日に当たる日曜日の昼間などに、母親は予告なしにピンクの車に乗って現われた。彬と出くわした時には「あら、お兄ちゃんも来てたの？　偶然ね」と相好《そうごう》を崩し、彬がいなくて待っていても来ない時は、彬の携帯に電話して「今梓の所に来てるんだけど、お兄ちゃんも来なさいよ」と呼び出そうとする。彬がもう自宅の近くまで帰って来ていると言って呼び出しに応じないと、母親もそそくさと帰って行く。前もって彬と梓の家で落ち合う約束をしていたことはないので、梓の家で彬をつかまえようとしているのはあきらかだったけれど、そうとは決して口にせず、いつも偶然を、気まぐれを装うのだった。

まるで兄妹の間で行なわれていることを知っていて邪魔をするかのようでもあったけれど、まさかそこまでは想像が及んでないだろう、前に梓が話していたように彬が自分をさしおいて梓と仲よくしているのにやきもちを妬《や》いているんだろう、とフサは朱尾と話し合って結論づけた。とはいっても子供じみた嫉妬心ばかりではなく、夫のいない家に一人でいるのが寂しい気持ちもあるだろうし、梓に「あんたが独り身でよかったわ。お嫁に行ってたらこんなふうにしょっちゅう会えないものね」とか「あんたの方があたしより料理上手だわ」などと言うのを聞くと、梓も含めて母子三人で過ごす喜びも実際感じている様子ではあった。

ある日母親は納戸《なんど》から引っぱり出したという古びた人生ゲームを持って来た。

「昔よくやったわよね。またやってみない？」

母子三人はそれなりに楽しげに人生ゲームをやった。梓が「わたしこれ、長い間意味もわからないでやってた。すごろくとおんなじように早く回ればいいんだと思ってた」と言うと母親も「あたしも。資産をふやして行くゲームだなんて知らなかったわ」というなずき、彬は「おれはわかってたけどわざと教えなかったんだ」と打ち明ける、というふうに思い出話に花の咲く光景は、少し離れて見守るフサの眼にも心温まるものだった。一人大勝ちした時に、母親は「ああ、楽しい」と深い声を漏らし、「三人でここで新しい生活を始めようか？」とまで口走った。梓と彬は曖昧な表情で応えただけだったが、母親も本気ではなかったようで、話はそれだけで終わった。

母親の容姿が、頬にはうっすらと脂が乗りつやつやと輝きを帯び始める、という具合に日ごとに若返って行くのは、梓の家で二十年前の気分に浸っているせいだろうか、それとも、年齢に似合わず若やいだピンクの車を乗り回しているのが、心だけではなく体にまでいい作用をもたらしているのだろうか。もちろん二十年分も若返るわけではなく、三十歳の梓に比べれば皺もたるみも色素の沈着もくっきりと初老を示しているけれども、梓にはない醱酵したなまめかしさが母親の皮膚から立ち昇り、体臭さえ甘く濃くなったようにフサは感じていた。

最初に音を上げたのは彬で、母親がいないとわかっている平日の昼間に「弱るよなあ」と電話をかけて来た。フサは梓に体を寄せて兄妹の会話の一部始終を聞いた。

「おまえの所にまで追っかけて来られちゃな。おふくろも今さら子供べったりにならなくても、同じ年頃の恋人でも探しに行けばいいのにさ」

「趣味に打ち込むとかね」

「趣味じゃ変わらないよ。これまでもパッチ・ワークとかクレイ・フラワーとかソーシャル・ダンスとか一通りやって来てるのに、ああなんだぜ」

「仕事を始めるのは？　お金のためじゃなくて、やりがいのための。うちのホテルの仕事でもいいから」

「あり得ないだろ。子供の頃から女中を二、三人顎で使う暮らしが夢だったっていうのが、うちのおふくろだぞ。今や女中業なんて成り立たないから、派遣のホーム・ヘルパー頼んで満足してるみたいだけどさ。どのみち労働なんかするもんか」

電話の終わりの方で彬は「まあ、しばらくはしょうがないか」と嘆息した後、「おまえとも全然ゆっくり話してないな」と呟いた。梓は「そうね」とそっけなく応えた。

彬と違って、兄妹間の性行為の機会を潰されることは苦にしていないはずの梓だが、母親に入り浸られて生活のペースを乱されるのはつらいようで、車の停まる音が聞こえると小さな溜息をついたり、彬と母親が一緒に帰って行った後はほっとした表情になって、お茶を淹《い》れ直しチョコレートをつまんだりした。フサにしても、梓以外の、しかもあまり好意を持っていない人間が同じ場所にいるのは気塞ぎで、彬や母親の来訪中は芯からは寛げない上、母親が時々思慮の足りないと思える言動をすると梓がどう感じたか心配でしかたなくなるため、しだいにストレスが溜まり便通《べんつう》もおかしくなって来た。

そのうちひやりとする出来事が起こった。彬と母親が梓の家に泊まった夜、いつもは彬、母親、梓の順に入浴して床につくのに、その日は彬が「今晩は音楽を聴いてから寝たい」と言ったので、母親、梓、彬の順で風呂に入ることになった。その提案を耳にした時からフサは、彬は母親が寝た後梓と二人きりになろうともくろんでいるのかと疑ったし、おそらく梓も同じ疑いを抱いたと思う。母親はというと、「おことばに甘えて一番風呂をいただきます。でも、年寄りに新湯《さらゆ》はよくないのよ」と軽口を叩きながら浴室に向かったのだけれど、梓が入浴をすませ、替わって彬が浴室に入ると間もなく、二階から下りて来て梓の寝室をノックした。

「毛布もう一枚出してくれない？　今晩は冷えるわ」

「ああ、ごめんなさい、気がつかなくて」

梓が読んでいた本をサイド・テーブルに置いて上半身を起こすと、母親は掛布団に眼を留めてベッドに近づいて来た。梓の隣にいたフサはベッドから下りた。

「この羽毛いいわねえ。嵩高《かさだか》もあるし」羽毛布団に触りながらそう言うと、次にはその下の毛布にも手を伸ばした。「あら、毛布もいいじゃない。カシミア?」

「うん。贅沢だけど」

「いや、寝心地はたいせつよ。あたしは綿蒲団のずっしりした感じが好きだけど。でも、カシミアの毛布は使ったことがないから、ちょっとためさせてもらってもいいかしら?」

「どうぞ。わたしは二階の毛布を出して来るから」

フサは梓について行かず寝室で待つことにした。ごそごそとベッドにもぐり込んだ母親は、顎の下まで掛け物にもぐると満足そうに長い息をついた。それから寝たまま首を回して、床にいるフサに珍しく微笑みかけ「犬」と声をかけたりしたが、カシミアの毛布の肌触りがよほどよかったのか、ぴたりと動かなくなり眠りに落ちたと見えたその時に、風呂から上がった彬が扉口に立ったのだった。ヘッドボードの読書灯が灯っているだけの薄暗い中、寝ているのが梓だと思い込んでいる彬は、半開きになっていた扉を機嫌よさそうに拍子《ひょうし》をつけて叩いた。

「待ってたのか?」

その欲望と期待の滲《にじ》み出した甘くて粘っこい声音を、母親が眼を覚まして聞き届けたかどうかはわからない。驚きあわてたフサは、彬が言い終わるか言い終わらないかのうちに、とっさにワンと吠えた。彬は憮然として「うるさいぞ」と言ったが、ベッドの上で母親が身動きして「なあに？　お兄ちゃん？」と間延びした声を上げると、ぎくりとして「何だ、おふくろかよ。どうしてそんな所に寝てるんだ？」といくぶん上ずった調子で尋ねた。母親は寝ぼけ気味の子供じみた甘ったるい声で「カシミアの毛布に抱かれてるの」と、コマーシャルの文句のようなことばを呟いた。彬が愕然《がくぜん》としていると、階段を下りる足音がして「どうしたの？」と梓が後ろに立った。

朱尾はフサがとっさにとった行動を「失策」と断じた。

「ほっとけば見物だったのに。彬は母親に覆いかぶさったかも知れないぞ」

「そんなおぞましい光景見たくない」

「馬鹿だな。ばれりゃよかったんだ。物事が大きく変わるためには多少の犠牲は必要なんだよ。おまえは梓が彬から解放される絶好のチャンスを逃がしたも同然だ。冷静な計算ができなかったためにな」

頭ごなしに決めつけられてしょげかけたフサだったけれど、狼のマスク越しに朱尾の舌舐めずりするような笑いが透けて見えるように感じたものだから、負けん気が湧いて反論を試みた。

「六十過ぎた母親に思いもよらない事実を見せつけてショックを与えていいもの？　あの逞《たくま》しいお母さんだったら寝込んでも一週間くらいですむかも知れないけど。だけど、もし事実が知れたら、あのお母さんは梓を憎むわよ。彬は許してもね」

「今と変わらないじゃないか。ばれてどこが不都合なんだ」

朱尾の言う通りかも知れないとも考えたけれど、フサに過ぎたことを思い煩《わずら》っている余裕はなかった。幸い母親にとってはあの夜の出来事はたちまち忘れる程度のものでしかなかったらしく、その後も現われては梓に「家が二つあるみたいで楽しいわ」などと能天気に言っていたが、おさまらないのは彬で、とうとう昼間仕事を抜け出してやって来た。

「しばらく休みの日には来ないで、出勤日に来ることにするよ。おれが来てないように見せかけりゃ、おふくろもあんまり押しかけなくなるだろ」

「一人の時間がもっとほしい」梓はダイニング・テーブルに肘を立て、拳で顔を覆うようにして言った。「フサだって便秘したりして調子が変だし」

「だから、ちょっと待てって。あと少しの辛抱だ」

りこうげに言い聞かせた彬だったが、梓が顔を上げないので立ち上がってテーブルを回ると、そばに行って軽く肩を抱いた。梓は身をよじってその手を払った。

「触らないで。お母さんが見るわよ」

彬は不快そうに眉を寄せた。

「何言ってるんだ。せっかくおふくろがいない時に」

覆いかぶさって肩に両腕をまわした彬に、梓は懸命に言った。

「近いうちにばれると思う。もうこんなことやめないと」

「大丈夫だよ、心配性だな」

彬は芝居がかった甘い声を出し、梓の体をしっかり抱いて椅子を蹴りどけると、梓を引きずって床に蹲《うずくま》った。優しげな、というよりは優しいと自分で思い込んだ仕草で梓の髪を単調に撫でつけながら説得を続ける。

「おふくろが気づくもんか。おれたちが二人ともあっちの家にいた時だって、何にも気がつきゃしなかったんだからな」

「ほんとは薄々気がついてたら……って思わない？」

「思わないさ。気づいてりゃ何か言うだろ」

フサは彬のあまりの楽天性にことばをなくしたのだけれど、梓が黙ったままだったのもきっと同じ状態に陥ったからだろう。彬は一人気分よさそうに眼を細め、今度は男らしい太い声をかけた。

「おい、心配するな。万が一ばれたっておれはおまえを守るから」

映画やテレビ・ドラマではなく、実生活で生身の人間がこれほど空疎《くうそ》な科白を言い放つのを耳にするのは、フサは初めてだった。守ると言ったってどうやって守るのか、どうすれば守ったことになるのか、母親のショックの手当てはどうするのか、彬自身は秘密がばれた後母親や梓に対してどんなふうにふるまうつもりなのか、そうした諸々《もろもろ》によって生活がどう変わるのか、といったことは、具体的な説明をちっとも口にしない彬は全く考えていないに違いなく、そんなにも誠意がないのに、髪を撫でていた手を徐々に胸元に下ろして行って今にも性行為に入ろうとしているさまが、吐き気を催すほど汚らしく見えた。

梓は醒めた声で言った。

「兄さんはお母さんに嫌われることはないから安心してるんでしょ」

「どういうことだ?」

「お母さんは兄さんさえいればいいのよ。わたしはおまけみたいなものなの。わたしがお母さんを怒らせたらひねり潰されちゃうわ」

「そうかなあ」彬は天井を見上げた。「おれがだいじにされてるのはわかるよ。だけど、おまえとおふくろだって仲いいだろう？」

「仲よくしようとしてるんだもの。お互いに」

「水面下の闘いがあるって言うのか？　女同士はややこしいらしいな。だけど、水面下だけですんでるならいいじゃないか。ひねり潰されるって、おふくろに何ができる？　そりゃおふくろは家の中じゃ絶大な発言力を持ってるけど、実利的な面じゃ全然権力ないぞ。おまえをこの家から追い出すこともできないし、〈ホテル乾〉の役職を取り上げる権利もない。かりにおふくろが荒れたって気にしなきゃいいんだ」


三十秒ほど間を置いて再び乳房に向かって伸びた彬の手を、梓は自分の腕で防いだ。

「わかって。わたしはこれ以上お母さんに憎まれたくないのよ。兄さんに憎まれる方がまだいい」


梓の真剣さにさすがの彬も手を引っ込めた。梓は床の上で横向きになり彬に背を向けた。晩秋の陽が眼に見えて落ちるまで二人はそうして横たわっていたが、やがて彬がけだるげに上体をもたげた。

「あのな、おまえとおふくろの関係が子供の頃から変わらないのとおんなじで、おれとおまえの関係だってこれからもそうそう変わらないと思うぞ」


彬の口調はもの静かだけれども、妙に念の籠もったような不穏《ふおん》な声音だった。梓が体を離そうとすると、彬は後ろから抱き留めた。緊張した梓に彬は囁きかけた。

「安心しろ。今日はおれもやる気をなくした。触れ合いたいだけだ」

彬に触れ合いたいなんていう欲求があったのかと思って見ていると、彬は後ろから掌を出し、じわりとした動作で梓の頬に載せた。ちょうど親指のつけ根の下の月丘《げっきゅう》と呼ばれる部分が梓の頬に接している恰好だった。彬は月丘をぐいと梓の頬に押しつけた。梓の頭が床の方に揺らいだ。次に彬は開いていた指を握り、曲げた関節を梓の頬骨に当てて力を入れた。「痛い」という梓の声で、彬が梓の頬骨の急所を押しているのだということがフサにもわかった。

「頬骨攻めだ」彬の声はさっきよりも粘ついていた。「中学の頃はよくこうやっておまえを使って人体の急所を探したよなあ。頬骨が急所だってことはプロレスを観て知ったんだけど、実地にためしてみてほんとに痛いのがわかった時は、ちょっと感激したもんだ」

彬は梓の頬骨に押し当てた手をぐりぐりと抉《えぐ》るように動かした。「やめて、ほんとに痛い」と梓が言うと、今度は腕を取ってねじった。頬を赤くした梓は首を回して背後の彬を睨みつけた。彬は平気だった。

「こういうことやるとおまえ本気で怒ったもんな。でも面白くってさ。おまえが泣いたらその時はやめたけど、しばらくしたらまたやりたくなってまたおまえを泣かして」

泣いた梓をちっともかわいそうとは感じてなさそうな残酷な口ぶりだった。フサはたまらず立ち上がるとマットレスの上からロー・テーブルに飛び移り、腹の底を絞るようにして敵意の唸り声をたてた。

「ほう、忠犬だな。感心感心」

彬は梓を身動きできないように固めたままフサに向かって笑いかけてから、眼下の梓にも言った。

「この生意気な犬ころに『伏せ』って言ってやれ」

梓は息を荒げたが何も言わなかった。フサはロー・テーブルの縁まで歩を進めた。床に横たわっている兄妹の頭は案外近くにあった。彬はフサの行動を油断なく見守ってはいるようだったが、口元には余裕の薄笑いを浮かべていた。

「フェイス・ロック」

彬は片腕を梓の顔に巻きつけ両手を握り合わせて頬骨を絞り始めた。三十代半ばの男が三十歳の妹に対してプロレスごっこをやるということの気持ちの悪さと、梓を苦しめていることへの怒りが混じり合って、フサは熱く煮立った頭から胃の底まで荒々しくかき回されるような感覚を覚えた。その不快な感覚はじきに吐き気のかたちをとった。フサは毛を逆立たせながらいったん背を縮めた。それから今度は逆に、背中と首を伸ばし思いきり口を突き出して、胃の中の物が一気に逆流するのにまかせた。喉が鳴り吐瀉物《としやぶつ》が人肌に振りかかった音は、貧しげで間抜けに響いた。

「汚ねえな、このやろう」

吐瀉物は主に彬の顔と梓を締めている手に飛び散っていた。

フサが彬に吐瀉物を噴きつけたのが朱尾にはたいそう面白かったらしく、その場面を元にした絵まで描いて見せるほどだった。スケッチ・ブックに筆ペンで描かれた絵はヨーロッパの風刺画ふうのタッチで、絵の中では女が白黒の犬を機関銃のように小脇にかまえ、胡散臭《うさんくさ》げな男が近づいて来るのを、犬の口から噴き出すしぶきをかけて追いやろうとしていた。人の顔も犬の顔も西洋風にデフォルメされているのが、いちだんとユーモラスな印象だった。

「朱尾さん、絵も描けるんだね」

「大した腕ではないが」朱尾は謙遜しながらもまんざらでもなさそうに、一度絵を見直してからスケッチ・ブックを閉じた。「全くあれは傑作だったな。おまえは化け犬でもあり、犬形ゲロ噴射銃でもあったわけだ」

フサにとっても胸のすく攻撃だったし、恨みがましい眼でフサを睨みつけた彬を制するように、彬の顔にかかった吐瀉物を袖で拭き取り始めた梓も、眼のまわりを拭く時に彬が瞼を閉じるとその隙にこらえきれないというふうに笑みをこぼした。「そんな馬鹿犬、保健所に送れ」と腹立ち紛れのひとことを残して彬が帰って行くと、梓はフサの所に来て心配そうに顔や口の中を覗き込んだが、フサが元気に尻尾を振ると満面の笑顔になり、フサの体に両腕をまわし指を立てて白黒の毛をかき回した。褒められているのだと思ったフサは、梓の袖についた吐瀉物の匂いも気にせず前肢を上げて梓にじゃれつき、彬を追い払った喜びに舞い踊った。

朱尾の命名を受け、これからは「犬形ゲロ噴射銃」としての能力も生かして行こう、とフサは決めた。胃や食道や喉にいくらかは負担がかかるのでわざわざ練習はしなかったけれど、練習しなくてもひどく気分を害した時にはいつでも吐けるような気がした。実際母親が押しかけて来た時ためしてみるとちゃんと吐けた。母親の体に吐きかけるのはためらわれたから、眼につくように頭を低くしてぐるぐると回ってからおもむろに床に吐き、母親の「まあ！　失礼ねえ」という顰蹙《ひんしゅく》の声を惹き出した。次に吐いた時、これは母親と彬がそろっている時だったが、母親は「だから動物はいやなのよ、不潔で」

と癇《かん》の立った声で言い、彬も「そいつは特にしまりがないんだ」と同調した。

フサは吐いた後いかにもつらそうなふりをしてよろよろとマットレスの上に戻ったが、ほんとうは身も心もさっぱりしていて、マットレスの上から見下ろす自分の吐瀉物も誇らしげなプラチナ色の輝きを帯びて見えた。嘔吐がたび重なるにつれ、母親と彬の毒気を抜かれた表情がうんざりした表情に移り変わって行くのは、意図した通りではあったけれど、プラチナ色の高貴な輝きからすれば似つかわしくないようにも思えた。梓には床掃除の手間をとらせた上、フサの体の具合について心配をかけるのが申しわけなかったけれども、獣医にフサを見せて、どこも悪い所はない、何かストレスがあるのではないか、と診断されてからは、梓も自分なりにフサの嘔吐の理由を推し量り過度の心配はやめたようだった。

その日も母親と彬を迎え、フサは調子の悪い演技で壁に背をつけ床にぐったりと伏せていた。梓はそんなフサをちらちらと見ていたが、様子を気遣っているのかといえば、朝もフサが元気に散歩に行き、吐く分を補うかのように旺盛にご飯を食べ、毛もつやつやしているのを確かめたばかりだから、梓もまた心配する演技をしているのかも知れないとフサは感じていた。やがて、梓がダイニング・テーブルを離れてフサを覗き込みに来た時、母親が彬に向かって尋ねるのが聞こえた。

「梓は犬とあたしたちとどっちがだいじなのかしらねえ、お兄ちゃん？」

母親のことばは聞こえよがしの当てこすりだったけれども、彬は母親の意図を気に留めたふうでもなく淡々と言った。

「答を出さないでおく方がいいことも世の中にはあるよ」

二人の会話が耳に入っているのかどうか、梓は黙ってフサの脇腹を撫でていたが、ふと触れている手に熱か気合いと呼ぶべきものが籠もったような感触があって、フサが頭を起こすと、梓は半身を母親と彬の方に向け穏やかでいてしっかりと響く声で一息に言った。

「悪くとらないでほしいんだけど。ここのところ、フサがどうも人疲れして体調を崩すみたいなの。だから、しばらくうちでの集《つど》いは取りやめにしてもいい？」

フサと母親はおそらく同じくらい驚いたのではないだろうか。しかし、フサの方は梓の話すのを聞きながら、きりりとした声音に耳朶《みみたぶ》を清められるとともに、湧き起こる嬉しさで視界に光が満ちて来るような感覚を味わい、母親の方は息を呑んで固まった後、身をよじるようにして濁った不満の声を上げた。

「弱い厄介な犬ね。あんたはそんなもののおかげで世界を狭められてるんだわ」

「梓は弱くて手がかかる動物が好きなんじゃないか？」彬が口を出した。「女の中にはそういうのがいるよな」

「もしかして、そういう女って肉親を疎《うと》んじる傾向があるの？　ねえ、お兄ちゃん」

不自然に体をひねっている梓の膝頭がぐらついた。梓は青ざめた顔をしていたが、壁に手をついて体を支えると立ち上がって母親と兄に向かい合った。

「お母さん。悪くとらないでって言ったでしょう？」

梓の顔を見ると、母親は煩わしげに眉をしかめた。

「またすぐそんな真剣な顔をして。被害者意識に取り憑《つ》かれるのはあんたの悪い癖よ。まるであたしたちが悪者みたいじゃない。ああ、でもまず、しばらく来ないって約束してあげないとね。わかったわよ。当分遠慮するわよ」

「……ありがとう」

梓がほっとした調子で礼を言うと、母親はぷっと笑いを吐いた。

「あんたはいずれここでその犬とミイラになって発見されそうね」

フサが「犬形ゲロ噴射銃」としての自覚のもとにわざと嘔吐していたのを、やはり梓も薄々勘づいていたようだった。覗き見た天谷未澄へのメールに、それを証拠立てる次のような一節があった。

＞猫はストレスを受けるとすぐ体に症状が出て、吐いたり毛が抜けたりするけれど、

＞犬でフサみたいに吐くのは珍しいよね。

だからね、仮病じゃないけど、わざと吐いてたんじゃないかと思って。

親バカみたいだけど、うちの犬はかなり賢いから、

気に入らない人間への嫌がらせで吐くくらいのことはやりそうなのよ。

フサが嫌がらせをするなら、私は正面からの攻撃に出ようと思ったの。

梓とのコンビネーション・プレイで邪魔者の接近を阻《はば》んだのだと考えると、フサは愉快でたまらなかった。母親からはあれほど頻繁だった電話すらかかって来なくなった。彬も梓が懸命に願う姿に気圧《けお》されたのか、鳴りをひそめていた。そうして、堰《せき》止められていた小川がまた流れ出すように、梓とフサの静かな生活が戻って来た。

気がつけばクリスマス・シーズンで、スーパーマーケットの玄関にはサンタ・クロースの人形が飾られていた。その玄関前で飼主の買物が終わるのを待つ犬の中には、サン

タ・クロースの赤いガウンを真似た防寒着を着せられているものもいた。梓は自宅にクリスマスの飾りつけはいっさいしなかったが、セールで安くなっているワインはよく買った。夜になるとリンゴやオレンジを漬け込んだワインを火にかけてヴァン・ショーにして飲み、丁子《ちょうじ》や生姜《しょうが》などの香辛料も交じったいい香にうっとりとしてフサが見つめると、グラスの底に残った数滴を舐めさせてくれた。

梓はヴァン・ショーを飲んだ後時々、九時も回っているのに、不意に「散歩に行く?」とフサを誘った。寒いし真暗なのに、と最初は信じられなかったフサだけれど、時間と体力を持て余しているかのようで足踏みさえしかねない様子の梓を見ると、先に立って玄関に向かおうという気になった。外灯もまばらな人気のない丘の道を、梓は大きな懐中電灯を片手に上って行った。さして眺めのいい場所があるわけでもない、たまに木々の切れ目から狗児市の町明りが覗ける程度の道を行くのが、梓にとって面白いのかどうかフサにはわからなかった。あてもなくふらふら歩いていたのが、急に「走るよ!」と声をかけて駆け出したりするところを見ると、梓なりに楽しいのかも知れなかった。

そのうち梓は、フサに与えるヴァン・ショーの量を舌ですくえる程度にふやしてくれた。たったそのくらいの酒量でも、体調によってはフサは随分気持ちよくなった。酔い心地が最高の時には、浮かれてしばらく梓の足にまとわりつき、やがてリビング・ダイニング・ルームの床に敷かれたホット・カーペットの上で寝入った。眼を覚ますと、梓が隣で寄り添ってうたた寝していることもあった。フサにとってはそういうこともクリスマス・シーズンにふさわしい豪勢な恵みだった。クリスマス・イヴにご馳走を食べるわけでもなく、いったいどの日がクリスマスだったのかもはっきりしなかったけれど、冬の数週間、梓とフサの家にはヴァン・ショーの甘くて芳醇《ほうじゅん》な香が籠もり通しだった。

スーパーマーケットの玄関からサンタ・クロースが撤去《てっきょ》されて間もなく、梓はヴァン・ショーを作るのをやめた。かわってウィスキーやブランデーを炭酸か水で割った物を飲むようになった。酒が替わっても梓は飲んだ後のグラスをフサに差し出した。その種の酒はあまりおいしいと思わないフサだったが、つき合いのつもりでグラスを舐めはした。与えられる分量は数滴に戻って、もうフサは酔わなかった。梓も沈み込むような酔い方に変わり、九時を回ってからの散歩もなくなった。二杯目三杯目を割らずにストレートで飲む時の眼のすわり具合は、明るく楽しい飲み方とはほど遠いものだった。

梓が家族との交流が絶えたのを寂しがっているのだとはフサは考えたくなかった。創作上の悩みがあるんじゃないかとか、クリスマスから正月にかけての家族向けの商業広告攻勢に自分の孤立を意識させられているだけなんじゃないかとか、一生懸命他の原因を想像してみたのだけれど、そんなフサでさえある冷え込んだ夜、ウールのコートを着た彬が寝室の入口の所に遠慮がちに立ち、フサとベッドに寝ている梓に向かって「おふくろが正月には帰って来いって」と伝える夢を見た。梓になり代わったように感情を揺さぶられて瞼を開いたフサは、思わずそばで眠っている梓の顔をぺろぺろ舐め始めた。梓はうるさそうにフサの頭を押さえつけた。

年も押し詰まって来た頃、梓はいつも買物に行く時間よりも早く家を出、スーパーマーケットを通り越して街中に車を走らせた。車が停まったのは、前に父親が行方知れずになった際に旅行前の病状を訊きに立ち寄ったことのある、父親かかりつけの河井メンタル・クリニックの駐車場だった。フサを車の中に残して病院に入って行った梓は、その日から毎日薬を口に運ぶようになった。

精神治療薬は効くだろうか。人間だった頃も精神科の門をくぐった経験のないフサは、毎晩錠剤を飲み下す梓を期待と不安を同時に抱きつつ見守った。けれども、もともとどんな精神状態でもやるべきことはきちんとやる性分の梓のことだから、年賀状をパソコンで作って投函《とうかん》したり、新年に備えて鏡餅を買って来たり、換気扇を取りはずして洗うというような作業をきびきびと進める意欲が、薬によって導き出されているのかそうでないのかは見分けられなかった。寝つきがよくなったのは薬の作用だろう。早くにベッドに入るおかげで深酒しなくなったのは喜ばしいことだった。

元旦の朝にはフサとともに初日の光を浴びながら丘の散歩をし、その後さっそく工房に入ったあたりも、梓の気力の充溢《じゅういつ》を感じさせたが、どこにも出かけず誰にも会わず、わずかに携帯電話に一、二通メールの着信があっただけの正月、梓の横顔はやはりいくぶん寂しそうに見えた。朱尾が〈ホテル乾《いぬい》〉に開く新店舗の案内を兼ねた年賀状を出して来ていて、「元旦から営業いたします」という印刷文のそばに「お越しをお待ちしています」と手書きで書き添えてもあったのだが、梓はその葉書を他の年賀状とは別にしてロー・テーブルの上に置いておくだけで、腰を上げようとはしなかった。

うっすらとした寂しさの中に閉じ籠もっているかのような梓だったけれども、大晦日から何度か、おそらく実家に電話をかけてはいた。しかし、先方は一度も電話に出ないようだった。二日になって梓はフサを乗せて車を実家に走らせた。着いてみれば実家は、母親の住む一階も兄の住む二階もカーテンが閉ざされていて人気がなく、チャイムを鳴らしても静まり返ったままだった。梓はしばらく運転席にじっとすわっていたが、気を取り直したように車を発進させると、犬寄《いぬより》神社に寄って初詣《はつもう》でをすませてから家に戻った。

その夜、梓はロー・テーブルで天谷未澄宛てのメールを書いた。

年賀メールありがとう。
私は今年は実家に帰らず、フサと静かに新年を迎えました。
ありがたいことに、母と兄には放置されています。
電話に出ないから実家に行ってみたら留守。
2人で旅行に行ってるんだと思う。母は旅先で年を越すのが好きだから。
兄の携帯に電話をかければ居所がわかるけど、そこまでする必要もないのでしません。
あの2人はあの2人で楽しくやってればいいと思うし。
私もふてぶてしくなったものです。

メールの文面は頼もしいものの、送信した後マットレスの上にいるフサを振り返った梓の眼はひどく憂鬱そうで、フサに差し延べた手も暗闇で手探りするかのように頼りなかった。
梓がそんなふうなので、この頃フサは触れ合いの時にも梓の眼にじっと見入ってしまうことがあった。見つめたところで、梓の考えていることが見通せるわけでもなければ、梓の憂鬱を吹き払ってあげられるわけでもない。ではフサの方から眼で訴えたいことがあるかといえば何もないのは、かりに人間であったとしても梓にかけることばは見つからないのと同じことだった。それでもことばにならない思いはフサの眼から溢《あふ》れて梓に向かって流れ出すのか、フサの視線に気づくと、梓の沈んだ表情はいたわる表情、いとおしむ表情に変わり、フサを撫でる手も活気づくことが少なくなかった。

梓がフサの毛の手触りや温もりに慰めを求めて始まる触れ合いでも、背中に手を置かれたフサが振り返り見上げると、梓はフサを気持ちよくすることに積極的になり、指先でフサの頰の毛を逆立てるようにかき回し、顎の下をくすぐり、前肢の毛をとかしつける。フサの方は梓の手が舌の届く所にある時は梓の動きに合わせてやわらかく舐め、やがて体を倒してうっとりと身をまかせるのだけれども、塞ぎがちな梓がフサの視線に鼓《こ》舞《ぶ》されるように優しさを発揮してくれるこの頃は、横たわって脱力した体にも心にも単なる満足感ではない鋭い喜びが生まれる。その鋭い喜びは、仰向けになって胸元の毛をまさぐられている時などに、ふと梓と眼が合うと、ずきんとする痛みに変化したりもする。

もしかすると熱い触れ合いというのはこういうもののことなんだろうか、とじきにフサは思い当たった。梓とフサはお互いの伝える思いに反応し合い、触れ合いをどんどん濃密にしている。触れ合いそのものは簡単な動作だけれども、お互いに相手をたいせつだと、なくてはならないものだと言い交わしているかのような一生懸命さが、フサにはあるし梓の様子からも感じられる。込められる思いが強いせいか、触れ合いからこれまでにない感覚も生まれている。人間だった頃は、犬と人間の交わりはごく単純に楽しいものとしか思っていなかったフサは、梓との交わりがこんなにも深まったことに驚いていた。

夢うつつの世界でフサは朱尾に自分の驚きを話した。

「触れられて感じる気持ちよさって何種類もあるんだね。人間だった頃は気がつかなかったけど」

「よかったな。いろいろわかって」

朱尾は興味もなさそうに短く応えた。

一月五日の午後になって、電話が鳴った。「新規開店おめでとうございます」という梓の挨拶で朱尾からだとわかり、フサが耳をそばだてていると、朱尾は店に来るようにしきりに誘っているようだった。梓の方は「でも、さすがにホテルのバーに犬を連れて入るわけに行かないでしょう？」とか「身内の経営するホテルで飲んでも酔えるかどうか」などと渋っていたものの、朱尾が何かうまいことを言ったらしく、「じゃあ、お店がどんなふうか拝見に伺います」と応じて電話を切った。

いつものように犬洗川の土手を散歩した後、梓が車を〈ホテル乾〉の駐車場に停めたのはまだ五時にもなっていない時刻だった。自分は車内で待つのだろうとフサは思っていたが、梓はフサを外に出した。〈ホテル乾〉のバーには人間だった時代に一度か二度入ったことがあって、フサの記憶では玄関を入って奥の方に位置していたのだけれど、〈天狼〉と彫られたプレートを掲げた扉は通りに面した外壁にしつらえられていた。いつか見た〈ホテル乾〉のウェブ・サイトに改装の予告が載っていたことをフサは思い出した。

梓はためらいがちに扉を半分ほどあけた。カウンターの中で新聞を読んでいる朱尾の姿が眼に入った。「ようこそ」と言って朱尾は新聞を置き、立ち上がった。灯《あかり》がついているのはカウンターの上だけで、五つほどあるテーブル席は真暗で誰もいないところを見ると、朱尾は正規の営業時間の前に梓とフサを招いたらしかった。梓はカウンターのスツールに腰を下ろし、フサは控え目にその足元に蹲った。店の中はいろいろな人間の匂いがした。元旦の開店から昨日までの四日間で、少なくない人数の客が入ったようだった。

「朱尾さん、疲れてない？　前みたいに自分の好きなペースでできないでしょ？」フサが声なきことばで尋ねると、朱尾は思いがけないとでもいうように「おや、ご心配ありがとう」と礼を言い、それから「大丈夫。要領よくやってるさ」と答えた。

梓は店内をゆっくり見回してから言った。

「身内のくせに知らなかったんですけど、大幅に模様替えしたみたいですね」

「彬さんはバーに力を入れたかったようです。わたしもいくつか進言したんですよ。たとえば、バーはホテルの中からだけじゃなく外からも入れるようにした方がいい、そして外の入口は通りを行く人からも見える所に造るのがいい、というようなことを」

「前の店よりずっと広くなりましたね。お一人じゃできないでしょう？」

「ええ、ウェイターも雇いましたし、バーテンダーももう一人若いのがいます。この若いのを店をまかせられるくらいにまで育てるのが今の目標です。そうなれば、犬洗川べりの店も再開できるかと思います」朱尾はグラスを差し出した。「〈犬の真昼〉です。ドライバーに優しいノン・アルコール・カクテルです」

「いただきます」

〈犬の真昼〉を味わった梓が再び口を開いた時、声の調子はぐんと寛ぎ明るくなっていた。

「絶品《ぜっぴん》ですね。喉も頭も溶けてしまいそうです。若い人を仕込むとさっきおっしゃいましたが、これだけのものは朱尾さんにしか作れないんじゃないですか？」惜しみなく褒めてから、梓はさりげなく尋ねた。「元旦に開店してから兄は顔を出しましたか？」

「昨日見えました。年末年始はご旅行だったそうですね」

「ええ。わたしはフサと丘に籠もってましたけど」

さらりと答えた梓に対して、朱尾もさらりと話を継《つ》いだ。

「いいですね。愛犬と水入らずで」

「そうなんです」梓は足元のフサを見下ろした。「この犬がわたしのいちばん信頼している家族ですからね」

フサが頭を上げ梓に向かってにっこり微笑んだ時、朱尾が梓に尋ねた。

「どういう家族ですか、イメージとしては？　弟？　息子？　それとも夫？」

朱尾はわざと凡庸《ぼんよう》なことを言っているのかとフサは疑ったのだが、梓も苦笑に近い笑いを漏らした。

「人間の家族に当て嵌《は》めて考えたことはないですね。犬は犬ですから」

「そうだろうとは思っていましたが。ただ、『愛犬が人間だったら結婚するわ』などと言う女性もいますでしょう？」

「いますね。わたしには理解できませんけど。犬だからいいのに、わざわざ人間に変える必要がどこにあるんでしょう？」

「ええ、イヌ科の動物への冒瀆《ぼうとく》ですね。でもそういう科白も、愛情を表現するために『食べたいくらい愛してる』と食べたくもないのに言うようなもので、文字通りの意味はないのかも知れません。……ただ、擬人化《ぎじんか》するつもりはありませんが、フサは仔犬の頃から妙に人間的な分別臭い眼つきをすることがあったな。何でもわかってるんだぞと言うような」

「そうなんです」梓が我が意を得たりとばかりに言った。「わたしの印象だと、分別臭いというのとはちょっと違うんですけど、人間並みの感情が備わってるんじゃないかと思うことがありますよ。この頃は特に、メランコリックとしか言いようのない眼でこっちをじっと見るし」

「メランコリック？」

「ええ、飼主馬鹿と笑われるかも知れませんけど、犬がよく見せる哀切《あいせつ》な眼よりも複雑で深い色合いの眼です。わたしが悲しんでると『何かできることはない？』って訊くような心配顔をするのはナツも同じでしたけど、フサはさらにその上に、わたしの悲しさを引き取って悲しんでるみたいな眼をするんです。共感的な眼って言えばいいのかな。そんな眼を見たら、もうこちらは悲しみを取り除いてやりたくて誠心誠意可愛がりますよね」

自分への思いが滲み出す梓の切実な声音が胸に沁《し》み、フサはすぐそばにある梓の脚に頰をすり寄せたくなったけれど、話の内容に反応したと気づかれてはいけないので我慢した。フサの感傷をよそに朱尾は尋ねた。

「可愛がるというのは具体的にはどんなふうに？」

「スキンシップですよ。フサが気持ちよさそうにする所は隈《くま》なく撫でたり搔いてやったり。あ、隈なくといっても性的なことはしませんよ、もちろん」

言わずもがなのことを、とフサは心の中で笑った。ところが、そのフサを嘲笑うように、朱尾が妙な話題を持ち出した。

「しかし、性的な刺戟を与えなくても牡犬《おすいぬ》は性器に反応が出ることがありませんか？フサももう生後一年で立派な成犬ですし」

フサは眼を丸くした。しかし、もっと驚いたのは梓の返事に対してだった。

「確かに。牡犬を飼うのは初めてだから最初はびっくりしましたよ。去勢もしてるのにあんなふうになるのは二重の驚きでした。牡はみんなああいう反応を示すものですか？」

「みんなかどうかは知りません。だけど、そう珍しいことではないはずですよ。マウンティングをする時にエレクトさせる牡犬もいるし、そのフサのように、大好きな人間に可愛がってもらう時にエレクトさせるのもいる」

フサも人間だった頃には、性的ではない場面で犬が性器を勃起《ぼっき》させるのを見たことがある。町角に繋がれていた初対面の犬の前にかがみ、撫でてから気まぐれに「おすわり！」と命じたら、それまでおとなしかった犬が急にウォウウォウと吠えたかと思うと、房恵の折り曲げた膝に両前肢を載せて腰を振り立て始めたのだが、房恵の膝に犬の下腹部がこすりつけられることはなかったので、性的行為ではなくマウンティングと思われた。それなのに、ふと見るとその犬の性器は赤い粘膜を露出させていた。しかし、犬になってから自分の性器など意識したことはない。言われてみれば、最近梓に撫でられている時に何度か、甘みの入り交じった疼《うず》きが胸から下半身に突き抜けることがあったけれど、そういう時に下腹部に眼をやれば自分の体の変化がわかったのだろうか？

フサが愕然としている間にも朱尾と梓の会話は続く。梓が尋ねた。

「そしたら、あれは性的な反応とは限らないんですね？」

「ええ、定説ではそういうことになっています。また、牡犬は発情期の牝犬《めすいぬ》の出す匂いを嗅ぐことによって初めて発情する、といわれてもいる。ただ、わたし個人は、大好きな人間に撫でられる時の牡犬の反応には一口に言えない複合的なものがあるのではないかと考えています。むろん、牝犬に対するような性行為への欲求を、人間に抱くということはまずないでしょう。しかし、だからといって全く性的な反応ではないといいきれるのか？　スキンシップの喜びと性的な喜びの境目は、しごく曖昧ではありませんか？　広い意味での性欲を牡犬が人間に対して抱くことが全くないとは限らないのではないでしょうか」

フサは「そんな細かいことを問題にしてどうするの？」と朱尾にことばを送った。朱尾からの応答よりも早く、梓が朱尾に答えた。

「わたしはスキンシップの喜びと性的な喜びははっきりと違うと思うんですけど。犬を撫でるのに全く性的な意味合いはありません。性行為の代償《だいしょう》にもならないと思います」

「おっしゃることには納得が行きます。ただ、可愛がる側と可愛がられる側の感じ方はおのずと別でしょう？　もし犬の方が梓さんに性的な欲求を抱いていたらどうします？」

たまらずフサは「そんないやらしい話を梓にしないで」と叫ぶようにことばを放った。当の梓は全くいやな顔もせず平静に話す。

「『八犬伝』では犬の八房《やつふさ》が人間の伏姫《ふせひめ》と情を交わしたくて悶《もだ》えるんですよね。その場面を読んだ時には、犬に嫁いだのは伏姫の意思ではないとはいえ、頑《がん》として拒まれる八房がかわいそうだと感じたものです。だけど、朱尾さんが今話題にしている広義の犬の性欲は、あんなに深刻なものじゃないんでしょう？　共同生活を営んで行くのに差し支えがなければ、飼犬がわたしに対してそこはかとない性欲を抱いたっていっこうにかまいません。それまでと変わりなく世話をして可愛がりますよ」

「そんな変な犬でも気味が悪いとは思わないんですね？」

「だって、人間だってしばしばおかしなものにやみがたい愛着を抱くじゃないですか。フィクションの中の人物に真剣に恋したり。犬が人間に性的な欲求を抱くというのは、わたしにとっては比較的理解しやすい話です」

フサが梓の犬についての迷いのない考え方に感心し、先ほどの動揺も忘れかけたところへ、朱尾が「さすがに実の兄と長年性交し続けている女はものわかりがいいな」と強烈な毒を飛ばして来た。あまりの言い方にフサは「朱尾さん！」としかことばにできなかったのだが、頭だけではなく喉も無意識に動かしたらしい、ワンと吠える声が小さく口から漏れた。

「どうしたの？」梓が覗き込んだ。

「悪い夢でも見たんでしょう」

朱尾ののんびりとした調子にフサはいちだんと腹が立ち、「朱尾さんこそがわたしの悪夢よ」とことばを送った。朱尾はフサに「過剰に反応するな。皮肉ではなくて本心から感心したんだ」と返事してから、梓に向かって言った。

「今日はフサを連れて来てくださってありがとうございます。時々無性《むしょう》にフサの顔が見たくなるんです」

支払いをすませた梓が「お誘いありがとうございました」と言って、スツールから下りた時、朱尾が忘れていたというふうに声をかけた。

「梓さん、最近ブログを始めましたか？」

「いいえ」怪訝《けげん》な声で梓が答えた。

朱尾は「それならいいんです」と言って梓とフサを送るためにカウンターから出た。フサは朱尾の話の切り出し方が実に思わせぶりだと感じたのだけれど、梓も引っかかったらしく、朱尾と向かい合って立つと「何かあったんですか？」と尋ねた。朱尾は梓を促すように出入口の方角へ爪先を向けたが、梓は動かず朱尾の説明を待った。朱尾は「しかたがない」と言いたげに口を開いたが、その表情も演技臭かった。

「一軒家に雑種犬と暮らす三十歳の女性のブログを見つけたんですよ。家があるのは丘の上ではなくて海辺ですけどね」

「その人の職業は？」梓は興味深そうに尋ねた。

「はっきりとは書かれていませんが、自由業でしょうね」

「なるほど、似た境遇ですね」

微笑む梓をなぶるような眼で眺めながら、朱尾が言った。

「ご覧になってみますか？　ブログのタイトルは『兄来たりなば』といいます」


その夜、梓とともにベッドに上がり枕のそばで体を丸めると、フサは早々に夢うつつの世界に入って行った。六、七時間前はバーテンダーの恰好で蝶ネクタイを締めていた朱尾は、セーターとマフラーといういでたちに、いうまでもなく狼のマスクをかぶっていて、フサを見ると手にしていたＡ４サイズのコピー用紙数枚を軽く持ち上げた。

「例のブログ、印刷して来たぞ」

ありがたかった。梓は帰宅してからさっそくパソコンのスウィッチを入れ、朱尾の口にしたブログ『兄来たりなば』を探し出して読んでいたようだったが、パソコンが置かれたのがダイニング・テーブルの上だったのでフサには画面が見づらく、梓が思いのほか熱心にブログを読み眉のあたりを緊張させるのを、もどかしく眺めるばかりだった。

ブログに飛びつきたいのは山々だったのだけれど、その前に話をつけておきたいことがあった。

「朱尾さんって、いつもどこかからわたしの下腹を覗いてるの？」

朱尾が紙を持つ手をすうっと下ろしたのは、たじろいだものと見えた。

「人を出歯亀みたいに言うな。見たわけじゃない。梓とは牡犬の成熟に関する一般的な話をしたまでだ」

「女性に対してあんな話題、きまり悪くないの？」

「別に。きまり悪がるとしたらおまえだろう？」

顔が熱くなったフサは、恥ずかしさを大急ぎで腹立ちにすり替えた。

「何でわざわざあんな話をするの？」

「親切心からだよ、おまえへのな」

「親切心？」

「憶えてるか？　契約条項の一つに、おまえが梓に性的欲求を抱いたら、おまえの犬としての寿命はそこで尽きる、というのがあるのを？」

フサはしばし首をひねった。

「そうだっけ？」

「ほら、忘れている」朱尾は人差指を立てた。「成犬になって性的にも成熟したことだし、おまえも契約条項を念頭に置いて、自分の性器の反応も視野に入れておいた方がいいと思ってな。警告してやったんだ。おまえは全然気がついてなかっただろう？」

「……そうね」

「考える習慣をつけておけよ、性器の反応が意味するものを」

どことなくいばった朱尾のことばに、契約の一部を忘れていたという失点のあるフサは弱気にうなずいた。朱尾もフサに向かってうなずいて見せ、それからブログを印刷した紙を地面に並べ始めた。朱尾の説明には素直に受け入れられない部分があったけれど、検討するのを後回しにしたのは、ブログを読みたいという気持ちが先に立ったせいだった。

並べられた紙を、フサはまず書き手のプロフィール欄から読んだ。

I・椚（くぬぎ・仮名）。30歳。女。未婚。自由業者。

愛犬サブとともに海辺の一軒家で気ままに暮らしているが、実家の家族の襲来に怯《おび》える日々。

「ああ、ほんとに梓と境遇が似てるね。モデルにしたみたいに」フサは朱尾をじろりと見た。「っていうか、『梂』なんて名前は『梓』をもじってるとしか思えないし、犬が『サブ』っていうのも、『フサ』と字面が似過ぎてる。とても偶然とは思えないよね」

「偶然ではないとしたら何だと思うんだ？」

狼のマスクのガラスの眼玉は、フサの視線を弾き返すかのようだったが、フサも睨む眼に力を込めた。

「朱尾さんが書いたんだと思う」

「おまえは彬の元嫁のブログもわたしの捏造《ねつぞう》ではないかと疑ったな。どうしていつもいつもわたしを疑うんだろうな」

「だって朱尾さんはすごく胡散臭いから。それとね、『未婚』ってあるでしょ？『独身』としないで『未婚』なんていう古臭い保守的なことばを使うところが、自由業を営んでる今どきの女性らしくなくて不自然な気がする」

「わたしだって普段から『未婚』などということばは使わない。それに、別人を騙《かた》る時にそんな初歩的なミスは犯さない」

「それはそうだろうけど。でも他にわざわざこんなことをする酔狂《すいきょう》な人がいる？」

「まあ本文も読んでみろ」

フサは紙に眼を戻し、最初の日付の日記を読んだ。

12月24日
クリスマス・イブ。一人（＋犬）暮らしを始めてからは、クリスマスだからといって特に何もしない。

子供の頃は一家4人そろって食卓を囲み、母に言われて席を立った兄が、ウィーン少年合唱団みたいに手を後ろで組んで、ボーイ・ソプラノで「きよしこの夜」を歌うのを聴いたものだ。

あの頃の兄は天使のようだった。母のお気に入りで、私の憧れだった。

まだ悪いことが起こっていない時代の思い出が、今はおぞましいだけ。

これから私は兄との暗い物語の中に分け入り、言葉にしづらいエピソードを何とか言葉にして、このブログに書き記して行くつもりだ。


「すごく怪しい」フサは感想を朱尾に送った。

「何がだ？」朱尾が尋ねる。

「文章と構成、練《ね》り過ぎじゃない？　特に最後のセンテンスなんかいかにも物語の始まりって感じで、その昔『新青年』に載ってたようなクラシックなミステリー小説を真似して書いたみたい。小説のつもりならまだしも、こんな文章を日常的に書く三十歳の女はあんまりいないと思う」

「そうか？　この手の小説的に粉飾《ふんしょく》した文章を自分に酔いながら書いて、人にも読ませたがる三十歳の女なら、わりあいにいると思うが」

「でもね、『今はおぞましいだけ』っていうふうに文末を助詞で切って止めるのも、典型的な女装文体じゃない？　インターネット上で女のふりをして書き込む男の書くような。そんなところも嘘臭いんだよね。これ書いてるの、男じゃないの？」

「で、わたしが書いていると？」

「いや、朱尾さんじゃないような気がして来た。朱尾さんはいくら何でもこんなふうに、無意識にナルシシズムを撒《ま》き散らすことはないと思うから」

フサは続きを読んだ。

12月25日
私はしばしば嘘を書くだろう。昨日の日記で早速書いた。

まだ悪いことが起こっていない時代の思い出が、今はおぞましいだけ。

「おぞましいだけ」などということはない。記憶を手繰《たぐ》り寄せればどうしたって甘美な気分も甦る。

正直なことを言えば、幼い私にとって兄は、黄色い日差しを浴びた麦畑のように鮮やかに輝く、絵本から抜け出して来たような少年だった。

母が兄を溺愛《できあい》するのは当然と思えたし、兄が人から愛されることこそ幼い私の自慢であり喜びだった。

なにぶん腕白《わんぱく》盛りの子供だから、機嫌の悪い時兄は5歳年下の私をぶったり思いきり抓《つね》ったりしたこともあったが、たとえ泣かされても、その後兄がキャンディでも差し出して仲直りを乞うと、途端《とたん》に私は痛かったのを忘れ爽やかな麦の香りを嗅いだように気分が晴れ晴れとして、兄に向かって笑いかけずにはいられないのだった。

あの頃に戻って兄に笑いかけたい。

「ますますもって古めかしいね、文章の調子も、人物造型も。これで呼び方が『お兄さま』で文末が『ですます』だったらギャグだよね。『お兄さまに笑いかけるのでした』とか」

「批評はいいから次に行け」

12月27日
今私は兄も母も遠ざけている。父は死んだ。一緒に過ごすのは愛犬のサブばかり。

年末年始の間に兄は訪ねて来るだろうか？

この年末年始に来なくても、生きている限り兄はいつかまた訪ねて来るだろう。

いつ来るかいつ来るかと怯えながら暮らすのはつらい。

その怯えの中に、来てほしいと期待する気持ちがかすかに交じっていると認めることは、もっと恐ろしい。

12月30日
肝心《かんじん》なことは1つも書けないままだ。

1月1日
新年。
カレンダーをめくるように、心の皮を1枚ずつ剝《は》いで行ければ。

除夜の鐘が頭の中でまだ鳴っている。と言うか、飲み過ぎて二日酔い。

「この狙い澄ました話の進め方、もう創作としか思えない。あと、この女の意識の持ち方の弱々しさがいや」

思わずそんな感想を漏らしたが朱尾の応答は待たず、フサはブログの残り数行を読んでしまおうとした。

1月4日

兄は肉い。

しかし、兄をきっぱりと拒めない私自身の腑甲斐《ふがい》なさへの苛立《いらだ》ちが、兄への肉しみを増幅させているのは確かだ。

それは兄に対してフェアではない。

フサは顔を上げた。言いたいことはいくつかあったけれど、まず口から出たのは最初に眼を惹いた事柄だった。

「『憎い』の『にく』に食べる『肉』の字を当てるの、はやってるの？」

「さあ。もしかするとインターネットの世界のどこかではやっているのかも知れないけれども、わたしは見かけたことがないな、彬の元嫁のブログ以外では」

フサの頭の奥の方がいやな感じに軋《きし》んだ。

「まさかこれ、あの佐也子って人が書いてるってことはないよね?」

「書いているのは男だとさっき判定を下していたじゃないか」

「佐也子のブログを読んだことのある人かな?」

「それは大いに考えられることだな」

朱尾は不熱心に応えると、肩にかけていたアルパカのマフラーをはずして丁寧に折り畳み、それからついでのように言った。

「彬に佐也子のブログを教えたよ」

「え? どうして?」今度は胸がきゅっと縮んだ。

「世間話をしていたら彬がブログってどういうものだって訊いたから、その場でコンピューターを起動して、佐也子のやつを含む二、三の実例を見せてやったんだ。もちろん何も知らないふりをしてな。彬は熱心に読んでいたよ。意見は特に口にしなかったけれど、昂奮が伝わって来たな」

朱尾は満足そうだったが、フサはさまざまな疑問で頭がいっぱいになり、声なきことばもつっかえるほどだった。

「昂奮って、彬はあんな自分と自分の家族への批判非難満載のブログを読んで、不愉快な気分になったんじゃないの？」

「読み始めに眼尻がつり上がった瞬間はあった。しかし、じきに薄笑いを浮かべたな。最初は怒りや心の痛みも湧いただろうが、いったん緊張が解けると軽い運動でもしたかのように体の感じがやわらかくなって、それでいて昂揚感というか充実感というか、アグレッシヴなものが全身からぬめぬめと滲み出していたよ」

「……気持ち悪い」胃の中の物が逆流するようにことばがこぼれた。「朱尾さんは彬のそんな気持ち悪い反応を惹き出したかったの？」

「ああ、大したご馳走だった」朱尾はフサのことばに含まれている棘を意に介さなかった。「ただ、わたしも巨大な脂身はあまり好まないが」

朱尾のことばに、フサの口の中に匂いの強い脂身を押し込まれたような感覚が起こった。根本的に珍味好きの朱尾は、あまり好みではなくても収穫した物は充分に味わって食べ尽くしてしまうのだろうが、とても相伴《しょうばん》できないフサは、会話を再開するには口の中から脂身の匂いが消えるのを待たなければならなかった。

「彬は佐也子に報復するんじゃない？」

「わたしはしないと読んでいる。彬はそもそも佐也子に興味を持っていないし、ああいう人間は人に罵倒されたり呪いの文句を吐かれたりしても、それが自分が相手を苦しめた結果だと考えるとかえって快感を覚えるタイプだ。『おれはこんなにまでこいつを痛めつけたんだな』とな。あの昂揚感めいたものは、そういう性癖から起こって来るんだと思うぞ。そこで相当に満足するから、わざわざ報復には出ないだろう」

朱尾が分析する彬の性質はフサにも同意できるものだった。フサは呼吸を整えてからいちばん重要な疑問を投げかけた。

「彬が書いてるんだと思う？」

「わたしでなければ彬しか考えられないな。状況証拠しかないが」

朱尾が書いている可能性もゼロではないけれども、さしあたり彬が書いているものとして話を進めるしかなかった。

「佐也子のブログに触発されて書き始めたってわけ？」

「『肉い』に触発されたのかも知れないな、借用しているところを見ると。わたしもまさか彬がこんな具合に反応するとは予想していなかったよ」

「梓の立場に立って書いてるのは何のため？」

「さあ。端的《たんてき》に楽しいからじゃないのか？」朱尾はフサを注意深げに見ながら答える。

「梓の視点から自分の快楽を反芻《はんすう》してみたいんだろう。変質者ならずともよくあることだ」

「書くだけですまさずにネット上で公開するのは？　自慢でもしたいの？」

「それもあるだろうが、書いたことが不特定多数に読まれると、現実として承認されたような感じがするんだろう。自分の幻想が支えられて、いっそう快楽が強くなるというわけだ。人間の性欲は面白いな。ナルシシスト、オナニストですら完全に自己完結することはできなくて、他人の視点を必要とするんだからな。それが架空の他人の視点であっても」

「朱尾さんだって玩具にする人間が必要だもんね」

フサは底意《そこい》なく言ったのだったが、朱尾は一瞬静止してから苦笑いのかすかな吐息をフサの頭に伝えて来た。わたしは何か変なことを言ったんだろうかと考えたものの見当がつかないので、フサは足元のブログのログにまた眼を落とした。

「『天使のようだった』とか『絵本から抜け出して来たような』とか、よく自分のこと、こんなふうに書くね。創作のつもりなのかも知れないけど」

「たとえもなかなかのものだぞ。ウィーン少年合唱団だとさ」

フサと朱尾は声は出さないが呼吸を合わせて空気を嘲笑の気配で満たした。

「それに、妹を兄にとって都合のいい人物にしちゃって」梓はどんな気持ちでこれを読んだだろう、とフサは案じる。「梓もこれ、彬が書いてると思うかな?」

「思うだろう。クリスマスに兄が歌うというエピソードが現実にもあったことだったら確定だしな」

フサは深い溜息をついた。

「この先すごくいやな場面が出て来て、また彬の幻想に合わせた妹の気持ちが語られるんでしょ? そこまで行く前に彬が書くのに飽きてくれればいいのに」

「いや、そこまで書かれなきゃ面白くないじゃないか。梓にしても、どんな妄想が彬を動かしているのか知れば、心の奥で新たに目覚めるものもあるだろうよ」

朱尾は楽しげにことばを放つと、地面に並べた紙を指先で軽やかにつまみ上げ、きれいにそろえて書見台《しょけん》の脚の間にかたづけた。

梓は翌日も翌々日も『兄来たりなば』のウェブ・ページを閲覧《えつらん》した。佐也子のブログを読んでいた時と同じように『兄来たりなば』を毎日チェックすることにしたらしかった。ロー・テーブルでインターネットをする日が続いたので、フサにはブログの文字も、闘いに臨むかのように画面をひたと見据える梓の様子もよく見えた。フサもまた梓の後ろのマットレスの上で、彬の挑戦を受けて立つ気持ちで画面を睨んだ。

日記の内容はどんどんきわどくなって行った。

1月6日

このブログを読んでいる人は、兄と私の間に起こっていることをすでに察していることだろう。

簡単に察しがつくほど陳腐な物語なのだ、これは。

もちろん、陳腐なものにも卑俗なものにも人は傷つき苦しむ。

読んだ後しばらく頭を垂れて考え込んでいた梓は、携帯電話を手に取ると朱尾宛てに「教えていただいたブログ、恐ろしげですが読むのをやめることができません」という文面のメールを出した。

1月7日

事が始まるより前に、兄が私をおかしな目で見ていたことがあったかどうか、はっきりとは覚えていない。私はそういうことに敏感な方ではない。

変だなと感じたことがあるとすれば、私がまだ小学生だった頃。庭で母を手伝って植木に水をやったり雑草をむしったり虫に刺された太股を掻いたりしていると、兄が2階の窓から双眼鏡でこちらを見ていた。双眼鏡は私の動きに従って向きを変えた。あんな道具なんか使わなくたって見える距離なのに、と不思議だった。

しかもその頃兄は高校生で、家の中では私とろくに口をきかず、顔を見ようともしなかったのだ。

双眼鏡で隠された目はいったいどんな光を湛《たた》えていたのか、と今振り返って考える。

1月8日

私は兄に見てほしかった。小さい頃のように。隠さない瞳でまっすぐに。

だから、あの夏の午後、自分の部屋でタオルケットもかけずにうたた寝をしていてふと目が覚めると、兄がベッドのそばに立って私をじっと見つめていたのには驚いたけれども、同時に望みが叶《かな》った喜びで胸がいっぱいになったものだった。

兄は私が目を覚ましたのを知ると、ぶっきらぼうに「これ、やる」と言ってピカピカの拡大鏡を私の胸元に置き、部屋を出て行った。
兄がいなくなると急激に寂しさが押し寄せた。もらった拡大鏡は宝物だけを入れる引き出しにそっと収めた。

梓は乱暴にブラウザを終了させノート・パソコンを閉じると、立ち上がろうとして途中でやめ、崩れるようにまたすわり込んだ。

1月9日
事が起こったのはその翌年の夏休みだった。私は中学に上がっていた。
…今が真冬で幸いだ。汗の匂いやべたつく肌を生々しく思い出さずにすむ。
それでも筆を進めようとすると脂汗が滲むのだけれど。
続きは明日書く。

彬は乗りに乗っている、とフサは感じた。出来事を梓の立場に立って倒錯的に反芻し、好き放題に書くという行為に耽溺《たんでき》している。ウェブには毎日少しずつアップロードしているけれど、実際は興《きょう》にまかせて何日分もの文章を書き溜めてるんじゃないだろうか。物語るのを中断し「続きは明日書く」などとするのも、連載読物の書き手気取りで読み手をじらすのを楽しんでいるように見える。きっと彬はブログという新しく見つけた遊び道具に夢中なのだろう。

梓は耐えていた。ブログを読んで感情を昂ぶらせているのは後ろ姿を見るだけでもわかったが、数回の深呼吸、あるいは拳でテーブルの上を数回コツコツと叩くだけで、どうにか心を鎮めているようだった。とはいえ精神力だけでは持たないのだろう、一月十日の昼間、梓は河井メンタル・クリニックに出かけ、また薬の白い袋を持ち帰った。パソコンを起動したのは薬を飲み下してからだった。

この日は長文だった。

1月10日

父と母が留守の夜。兄と私は2人だけで出前の寿司の夕食を食べ、しばらく一緒にテレビを観ていた。

相変わらず兄との会話はなく、気詰まりな空気が立ち籠めていた。おまけに私は臑《すね》や腿を蚊に刺され、爪で掻くぼりぼりという品のない重低音が響くのが恥かしくて、8時にもならないうちに2階の自分の部屋に引き上げた。

ベッドに腰かけ思う存分脚を掻いていると、部屋のドアがノックされた。

「そんなに掻いて大丈夫か？　皮膚が破れてしまうぞ」顔を出した兄は言った。

「見せてみろ」

虫刺されくらいでそんなに心配しなくてもとも思ったが、気遣ってもらえたのが嬉しくて、私は兄が近づいて来るのを素直に迎えた。兄は私の前に膝をつき、持っていた拡大鏡を腫の虫喰い痕にかざした。

医師の診察の真似だろうか、幼稚なことをする、と考えたことを覚えている。しかし兄は、しかつめらしい表情で虫喰い痕を観察し、顔を上げると尋ねた。

「他にどこを喰われた？」

「……」

膝より上の腿の部分も刺されていたけれど、そんな所を兄にまじまじと見つめられるのはきまりが悪い。答えないでいると、兄はやや強い口調で命じた。

「どこを喰われたか言えよ」

しかたなく、キュロット・スカートの布地の上から痒《かゆ》い所を指差した。

「…このあたり」

「見せてみな」

いやだな、感じ悪いな、と思いながらも逆らえなくて、おずおずとキュロット・スカートの裾を引き上げると、兄はさっきと同じように拡大鏡越しに虫喰い痕を覗き込んだ。

「穴があいてるぞ。かわいそうに」

いつになく優しい兄のことばに、胸が高鳴った。兄は何でもいいから私に優しくする口実がほしかったのかもしれないと、ほんのり甘い想像もした。長い間まともに会話をしていないけれど、振り返ってみれば兄はいつだって私のことを気にかけていたような気もする…。

そんな私の顔を兄はじっと見つめたかと思うと、不意に頭を下げて太股に口をつけ、生温かい舌を虫喰い痕に押し当てた。

兄はキャンディを味わうように丹念に私の腿を舐めた。私はわけがわからなくて硬直してしまった。いろんな思いが頭の中でちかちかと瞬《またた》いた。

変な感じだな。お医者さんごっこの次は動物ごっこなのかな。私なら気持ち悪くて人の脚なんか舐められない。特に蚊に吸われた痕なんか。兄さんはすごいな。私のことが大好きなのかな。ああ、とっても変な感じ。舐められてる所の肉が融（と）けてしまいそう。もうやめてくれないかな。融けて窪んでしまった所をまだ舐められ続けてるみたいな感じ。眼をぎゅっとつむる。窪みがだんだんと擂鉢《すりばち》状に広がって行くみたいなのはどうして？

…これ以上は書けない。

読み終えた後フサは、少しの間梓の様子を窺う余裕もなく、胸の中で波打つ不快感を抑え込む努力をしなければならなかった。その不快感はこれまでブログを読むたびに抱いたのとは違う種類のもので、今回は書き手である彬に対して怒りや嘲りを向けるより前に、書かれている内容そのものが荒々しくフサをつかみ締め上げた。書いたのが彬であろうとなかろうと、これが事実であろうと創作であろうと、この場面の悲惨さには眼を覆いたくなる。この種の経験のないフサがこんなに重い気分になるのだから、梓にとってはもっと毒性が強いことだろう。

とうに読み終わっているはずなのに顔をパソコン画面に向けたまま微動だにせずにいた梓も、ようやくかすかに頭を動かすとロー・テーブルの上にあった携帯電話を取り上げた。開いてアドレス帳を表示させたもののそこで動きを止め、結局電話もメールも使わないまま携帯電話を閉じた。次にパソコンのメール・ソフトを開いたが、ここでも何もせずソフトを終了させた。次に梓が開いたのはエディタ・ソフトだった。両手をキーボードの上にかまえ緊張した後ろ姿が、敵と相対した野生動物のように見えた。なかなか書き出さなかったが、やがて梓はゆっくりと刻みつけるように文字を入力して行った。

十八年前太股の蚊の刺し痕の穴からあの男が唾液を

梓は手を止めたが、そこまで眼に入っただけでもうフサの頭は熱くなった。するとブログに書かれた出来事は現実にあったのか。いや、断定はできない。梓は単にあのブログから浴びた毒を祓《はら》うために、日記の中にあった語句を使った文章を書いているだけかも知れない。フサは頭の熱を逃がそうと口を開いて舌を出した。梓は書きあぐねたのか、指先をキーボードから離し腕組みをした。彬と違って小説的な文章を書くことに耽溺するたちではないようだった。梓は立ち上がり、洗面所かどこかへ行くのかリビング・ダイニング・ルームを出た。

ひとり残されたフサは改めて梓の書きかけた文章を読んだ。どうしてたったこれだけの文章の断片に、これほど感情を揺さぶられるんだろう？　フサの眼頭は湿っていた。

何をしようというつもりもなく、マットレスを下りパソコンの前にすわった。パソコンから発する熱と液晶モニターの明るさは、毎日パソコンに向かっていた会社員時代を思い起こさせるなじみ深いものだった。フサはキーボードの上に右前肢を差し出してみた。爪が一・三センチほど伸びていて、キーをうまく叩けそうだった。ほとんど無意識にフサは打った。

がんばって

自分で入力した芸のないことばを見て、こんなことをしてみても無駄なんだ、とよけいに気が滅入り、フサは爪の先で削除キーを五回慎重に叩いた。操作に集中していたせいで、廊下の足音が近づいて来るのが耳に入らなかったのだろう、しまった、と思ったフサは、た直後に梓がリビング・ダイニング・ルームに入って来た。五文字目を消し終えそこでまた、まるで人間のように振り返って梓を見つめるという失敗を犯した。フサの視線を受けて梓は立ち止まった。フサは身をすくめた。梓は不思議そうにフサを見つめた。

「何？　パソコン憶えたいの、フサは？」

そう尋ねてから、つまらない冗談を言ったことに照れたようにちょっと笑い、梓はフサの隣に腰を下ろした。画面の自分の書いた断片が眼に入ると、梓の眼つきは厳しくなった。梓はカーソルを動かして自分の書いた文章を選択し、そして、「手伝ってね」と言うとフサの右前肢を優しく持ち上げ、ついさっきフサが自分でそうしたのと同じように爪の先を削除キーにあてがった。

「はい、消して」

削除キーが押され、梓が書きかけていた文章はすっと消えた。それは清涼感を惹き起こす眺めだった。ひとまず安堵がこみ上げ、フサは梓に気づかれないように細い吐息をついた。

フサは直接文面を覗き見ることができなかったのだけれども、朱尾の話では『兄来たりなば』の一月十日の日記を読んだ朱尾が翌日、「例のブログはかなりショッキングな内容になって来ましたが、ご気分を悪くされてはいらっしゃいませんか?」と携帯電話メールを出すと、梓からは「確かに、あまりに深刻なテーマなのでそろそろ読むのがつらくなって来ました」という返信が届いたという。

「といったって、読んでいるんだろう?」」

朱尾の問にフサはうなずいた。朱尾とその会話を交わした時には、ブログの恐ろしい場面もまだ終わっていなかった。

1月11日

私が兄に舐められていたはずなのに、いつの間に私が兄を舐めることになっていたのか、そこのところの記憶ははっきりしない。兄は「交替だ。今度はおまえが舐めろ」とでも言ったのだったか。

口の中がいっぱいで苦しかった。麝香《じゃこう》のような兄の陰毛の根元の匂いもきつかった。どうやったらうまく息が吸えるんだろう、と一生懸命考えたのは、自分の身に起こっていることから意識を逸らしたかったからだと思う。

兄は私の頭を両手でがっちりと押えていた。「もっとベロの先を使え」とか「おっ、いいな、今のはどうやった?　もう1回やってみろ」と次々に細かい要求が出された。恐ろしさと苦しさに私が涙をこぼしても、兄は「将来絶対に『早くから教えてもらっておいてよかった』と俺に感謝する日が来るからな」などとうそぶいた。

私は12歳だった。「お父さん、お母さん、早く帰って来て」と心の中で唱《とな》え続ける以外に何ができただろう？

1月12日

不意に、兄の放出した温かくてしつこいような感触の液体が私の口の端から溢れてだらりと流れた。

兄は「よし。よくがんばったな」と褒めてくれたが、私が俯いたまま反応しないので、私の頭を撫でて無言で部屋を出て行った。

「お父さんもお母さんも間に合わなかった」と思うと嗚咽《おえつ》が込み上げた。

あれほど頼りなく寂しい気持ちになったことはない。

1月13日

昨日の日記の最後の2文、何気なく書いたのだけれど、案外と意味深長かもしれない。10代から20代の前半にかけて、私が最もそばで過ごすことが多かったのは、父でもなく母でもなく兄だったのだ。

ところが、一月十三日を最後にブログの更新はふっつりと途切れたのだった。三日たち、五日たち、一週間が過ぎても日記は進まなかった。フサは声なきことばに期待を込めて、朱尾に話しかけた。

「彬、もう飽きてやめたのかな？」

「単に今忙しくて書けないだけかも知れない。この間バーに一杯やりに来て、『ゆくゆくは〈ホテル乾〉を東海地方随一の文化発信地にしたい』とか何とか大いなる野望を語ってくれたよ」

「文化ってどういう？」

「全般だよ。陶芸の展示販売だけではなくて、コンサートも開きたいし文学に関することも何かやりたいんだと言っていたな」

「文学？　体験告白記コンクールでも催すの？」

「そう気色《けしき》ばむな。あいつはよっぽど芸術援助が好きらしい。去年〈ホテル乾〉リニューアル構想を聞かされた時、わたしも『宿泊客でなくても利用できるフィットネス・クラブでも作った方が賑《にぎ》わうんじゃありませんか？』と意見してみたんだが、『儲からなくても文化支援をやりたい』と胸を張っていたからな」

「彬がどんなセルフ・イメージを持ってるのか知りたいものね」

フサが冷笑すると朱尾は急に矛先《ほこさき》を変えた。

「わたしはおまえのセルフ・イメージがどうなっているか知りたいね。あれから性的な方面で発見はなかったか？」

人間だった時よりも犬になってからの方が性的な話題が恥ずかしいのはいったいなぜだろう、とフサは思った。

憑かれたように彬のブログをチェックしていた梓も、更新が滞《とどこお》るとやはりほっとしたようで、怒らせていた肩から力が抜けた。さらに、バルセロナ在住の天谷未澄からの「近々一時帰国します。法事やら何やらがあるから、今回は一箇月は滞在することになりそう」と書かれたメールを読んでからは、梓の表情は見違えるほどやわらかく落ちついた。梓がそうなれば、フサも安心して梓との触れ合いの楽しさに浸ることができる。ここ数日フサは毎日のように心地よいひとときを持っていた。

性器の反応を視野に入れておけという朱尾の勧告に従って、フサは何度か自分の性器に眼を向けた。梓が話していたようにフサの性器がいくぶん膨張していたのは事実だったけれども、赤い粘膜が豆粒程度に覗いているだけで、フサの知っている犬の本物の勃起とは比べようもなく、心の準備をして臨んだだけに拍子抜けしたのだった。

「性的性的ってうるさいな。たったあのくらいの小さな反応を何だって問題視するのよ？」

「その小さな反応を無視しないで、根源にあるものは何か探究しろと言っているんだ」朱尾の言い草は学生に課題を与える大学の教師のようだった。「反応が弱いのは去勢しているんだから当然だろう。もし去勢していなかったらどんなふうになるか、考えてみたらどうだ？」

フサもひそかに自分の心身の反応を意識してみてはいた。以前は下腹に多少の感覚があっても気に留めなかったからわからなかったのだろうけれど、指摘されて注意してみると確かに、膨張した性器は普段よりも敏感になり、性器自体には何も接触しないのに常に軽い快感を帯びていた。また、梓が悲しみを押し殺してフサに優しく微笑む時などに、感動にきゅっと絞られたフサの胸からは喜びと昂奮が噴きこぼれ、鳩尾《みぞおち》を通って下りて行って性器を震わせることもあった。しかし、そうしたことがいわゆる性的なものとただちに結びつくとはフサには思えなかった。

「性器にいくらかの快感があるのは認めるけど、性欲じゃないんじゃないかな。性器を何かにこすりつけるとかして快感を増大させたいとは思わないから」

「性欲じゃないなら何だと思う？」

「わからないけど、心の感度や体の感度が高まれば性器の感度も高まって感じやすくなるっていう、単純なことなんじゃないの？　深い意味なんかなくって、ただ体のしくみがそうなっているっていうだけで」

「去勢しておいてよかったな。今より遥かに強い性器の快感と欲求に振り回される恐れがないんだからな」

朱尾の皮肉な口ぶりにフサはむかつき、やや乱暴にことばを送り出した。

「もし去勢していなかったらなんて仮定を持ち出すんなら、得意の話術で梓を説得して去勢手術を止めればよかったじゃない。どう推量したって実証できないんだから。去勢されなかった場合のことなんか、わたしは考えない」

「しかし考えるのは面白いじゃないか。では別の角度から検討してみよう。もし人間のオスだったら、性器が勃起すればおまえだって性交に及ぶと思わないか？　メス、あえて梓とは言わないが、メスの方も性交を期待するだろうしな」

また埒《らち》もないことを、と退《しりぞ》けようとしたが、何かが引っかかってフサは黙り込み思考をめぐらせ始めた。前にどこかでこの設問に関係のある考え方を耳にしたような記憶がある。人間だった時だろうか。しばらく高速で頭の中を検索して、フサはそれが犬になってから聞いた久喜のことばだということに思い当たった。〈天狼〉で久喜は、自分と房恵の仲について「男と女だから当然こういうことをするだろうと思うことをやってただけ」で普通の恋人同士ではなかったと言ったのだった。そこからさらに話が発展して、朱尾も「ほんとうは豹とライオンなのに、自分たちは同じ種だと思い込んで結婚したり子供をつくったりしているカップルも、この世にはたくさんあるのかも知れませんね」というふうな意見を披露《ひろう》したのではなかったか。それならさっきの設問の答はもう出ている、とフサは思った。

「もしわたしが人間の男に変身して梓と仲よくなったら、セックスするかも知れない。かつて久喜とわたしがセックスしてたみたいにね。でも、それが梓への性欲を証明するものではないってことは、久喜とわたしを見てる朱尾さんなら認めるでしょ?」

朱尾は少し考えるそぶりを見せたが、ゆるゆるとことばを繰り出した。

「証明は求めていない。おまえが認めるか認めないかだ」

「だったら待っても無駄よ。たぶん一生わたしは認めないから。わたしが梓に性欲を云々っていう契約のこの条項、あってもなくてもおんなじだったね。何でこんなのつけたの?」

「何とでも言ってろ」

狼のマスクの口が歯嚙みしたように見えたのはフサの錯覚だっただろうか。

天谷未澄の帰国を楽しみに待つ静かな日々にも梓は、ブログ『兄来たりなば』の動静を気にかけて、更新が止まってからも二日に一度は覗いていたのだけれども、中十日をあけてようやく進展があった。

1月24日

兄と没交渉になって2ヶ月。いつになく兄の訪問を待ち受ける気分が高まっている。兄との濃い関係の始まりを仔細《しさい》に振り返った今なら、このおかしな心の動きの分析もできる。

私には家族以外の者との人間関係がほとんどない。私の人生の大部分は家族との、とりわけ兄との関係で成り立っているのだ。

肉しみ、憧れ、恐れ、感謝、愛着等々の多彩な感情を、私は兄以外の人間に対して抱いたことがない。兄との関係を棄てれば人生は平和になるけれど、同時に感情がなくなり脱け殻のような体しか残らない。

現にこの2ヶ月、生活は平板で空虚だ。苦しいけれど生きている実感を与えてくれる兄との交流が恋しい。

今、無性に兄に会いたい。兄に生き生きとした感情を呼び覚ましてほしい。

久々の日記も予想通り気味が悪いことに、まるで期待が叶えられた時のように小さな満足感を覚えたフサは、確かに不快なものでも待ち受ける気持ちになることはあるなとうなずきながらも、書き手の彬は文中の妹に「兄に会いたい」と言わせたいがために無理矢理理屈をひねり出している、と感じないではいられなかった。彬はこんなことが面白いんだろうか。こう考えることで心の安らぎでも得られるんだろうか。変質者の彬にまた新たな倒錯が加わったような印象さえあった。梓が苦笑めいた吐息を吐いてブラウザを終了させたのは、ブログの内容を一笑に付したもののように見えた。

彬のBMWが庭先に現われたのは、ブログを読んだ翌々日のことだった。正午少し過ぎ、梓がそろそろ工房での作業を終えようかという頃、門扉を開く音に続いて庭に入って来る車のエンジン音が聞こえ、工房で寝そべっていたフサもはっとして梓と一緒に腰を浮かせた。エンジン音、それから車のドアを勢いよく閉めた音で、来訪者が彬だとわかったのだろう、梓は浮かせた腰を下ろし工房の入口に眼を向けて待った。

「元気でやってたか？」

扉をあけて明朗にそう尋ねた彬だが、梓の硬い表情に出くわしたせいか笑顔はややぎこちなかった。

「しばらくほっといて悪かったな。仕事が立て込んでてな」

ちっとも悪くない、一生ほっといてくれればいい、とフサだけではなく梓も思っただろうか。

「去年から会ってないもんな。ショップの商品の補充も頼まなきゃいけなかったんだけど、すっかり遅くなったよ」

彬はもう一度笑顔を作ると、壁際にあった椅子を引き寄せて腰かけた。梓は無機的な眼で彬の動きを追っていたが、ふいと眼を逸らした。よく平然と顔を出せるな、裏であんな変な遊びをしてるくせに、この変態、と内心で毒づきながらフサは彬を睨んでいた。

よき兄を装う彬は、自分からは口を開こうとしない梓に向かって、演者のように一人話し始めた。

「ホテルのリニューアルは大成功だよ。朱尾のバーも繁盛《はんじょう》してるしな。あいつの腕は大したもんだ。どこの馬の骨かわからないやつだけど、引っぱって来て正解だったな。レストランもシェフを替えたおかげで味がよくなったって好評なんだ。最近はＯＬとかが出社前にうちのレストランで朝食メニューを食って行くんだぜ。悪いけど、やっぱり親父は経営センスが乏しかったし、攻めの気性を欠いてたな。おれはいろんな企画を立ててどんどん実現させて行くのが面白くってたまらないよ」

梓が相槌を打たないのを彬は気にしないようだった。

「それでな、来月は室内楽のコンサートを開くんだ」

「コンサート？」

ようやく口を開いて訊き返した梓は手をタオルで拭くと、ポットから湯呑みにほうじ茶をそそいで彬に手渡し、自分の前にも置いた。

「二階にちょっとしたホールを造ったんだよ。コンサートだけじゃなくて講演だっておまえの作品の展示会だってできるぞ。いずれは名のある演奏家も呼びたいけど、初めはそんなにギャラの高いやつは使えないから、狗児芸大音楽科の学生カルテットに出演してもらうことにした。科は違うけど、おまえの後輩だな。けっこういい演奏をするぞ。カルテットの名前が入った方がポスターやチケットの見映えがよくなるから名前をつけてくれって頼んだら、シアンノワール弦楽四重奏団とかいう小じゃれたのをつけて来たよ」

彬は愉快そうに言って、ほうじ茶に手を伸ばした。彬が話しているうちに一人で盛り上がるのは、フサもすでに見馴れていたので呆れもしなかった。

「うちでやるコンサートや講演には、横並びの座席は使わないでアンティーク調のソファーやチェアーに客をすわらせることにしたんだ。ヨーロッパのサロンのイメージだな。

こんな田舎じゃ画期的な企画だと思わないか?」

「そうね」梓は無感動にうなずいた。

「椅子をどういうふうに配置するか今迷ってるんだよ。演奏者を取り巻くように扇状に並べるか、もっと優雅かつ寛いだ感じを出すためにあえてばらばらに置くか。こんなことを寝床でまで真剣に考えちゃって、眼が冴えて眠れなくなることもあるよ。……で、雰囲気づくりのために要所要所におまえの作ったオブジェを置きたいから、何点か貸してくれ」

「うん」

梓の返事を聞くと、さっそく彬は立ち上がって倉庫に姿を消した。借り出す作品を選んでいるのかと思ったら、せわしなく早々に戻って来て思い出したというように言った。

「二月十四日の六時半からな。おまえも聴きに来いよ。招待券やるから」

彬はジャケットの内ポケットからチケットを取り出し、梓の膝に投げた。チケットは梓の腿に当たり、宙にふわりと舞った。落ちて行くチケットに同時に手を伸ばした二人の手と手がぶつかった。梓はびくっとして素早く手を戻し、上体まで彬を避けるように引いた。彬は眉をしかめて笑って見せた。

「そう警戒するなよ。何もしないよ、今日は。この後仕事に戻るんだし」

彬は腰をかがめて床に落ちたチケットを拾い、梓に突き出した。身がまえを解かないまま受け取り、気まずさを紛らわせるようにチケットの文字に眼を走らせる梓に、彬は立ったまま首の後ろを掻きながら言った。

「おまえ、おふくろに電話してやれ」

梓にこの日初めて生きた人間らしい表情が宿った。

「わたしからはしない方がいいと思うんだけど。お母さんの方から連絡がない限り」

「そんなことがあるか。おふくろがおまえに対しては意地っぱりなの、わかってるだろう? 寂しいのをこらえてるに決まってるじゃないか」

「お母さん、何か言ってたの?」期待の滲んだ甘い声で梓は尋ねた。

「いや、特に何も言ってないけど」梓の顔が翳《かげ》るのを見て、彬は急いでつけ足した。

「だけど、ほら、そういうことってわかるじゃないか。電話してみろよ。喜ぶぜ」

心を動かされたらしく梓の眼の色が優しくなった。彬はうまく説得できてほっとしたというように緊張を解き、梓の肩をどんと叩いた。

「頼んだぞ」

倉庫へと歩き出した彬を、梓が「兄さん」と呼んだ。「何だ?」と彬は立ち止まって尋ねた。梓は決然と唇を動かしかけたが思い詰めた気色は急速に衰えて行き、結局曖昧な口調で「あれこれやり過ぎて失敗しないでね」と呟いただけだった。彬はおそらく自分では極上の爽やかな笑顔と信じていそうな表情を三文役者ふうに作り、「おう、心配ありがとうな」と言い残して倉庫へと消えた。

できれば母親とのほどよい頻度での行き来を再開したいと梓が願っていることは、フサもわかっていた。しかし、その日彬が帰るとすぐに電話機を手に取り、ためらいと闘うように難しい表情でしばらく考え込みもしたものの、来るべき時が来たとでもいうように母親の番号をプッシュしたのには、その気になり過ぎという感じを受けた。彬が言う通り母親が梓に会えなくて寂しがっているのだとしても、あの梓を傷つける傾向を思うと、駆け引きではないけれど歩み寄る時期は慎重に見はからって、母親に対してこれまでより強い立場に立てるように企むべきじゃないだろうか、というのがフサの考えだった。はたして梓が「お母さん？　梓です」と告げると、母親は「梓？　そういえば、遠い昔にそんな娘もいたような」とさっそくいやがらせを口にした。フサは聞き漏らすまいと、梓の足元で耳を立てた。

梓は微笑みながら母親の軽口を受け止めた。

「今だっているわよ。思い出して」

「忘れちゃいないわよ。馬鹿にしないでよ」勢い込んでひときわ甲高《かんだか》い声を響かせた後、母親は普通の声、普通の喋り方になった。「あんた、うんともすんとも言って来ないから、あたしたちのことなんか忘れちゃったんだと思ったわ。お兄ちゃんのことは忘れないかも知れないけど、あたしのことは『はて、三回忌はすんだんだったかしら』ってなもんでしょ？　ありもしなかった火葬を振り返って『あの腹黒ばばあは焼いてみたら骨まで真黒だった』とか犬に話してたんじゃないの？」

相変わらずのいやみな話しぶりではあったけれども、案外娘に見捨てられて死ぬことを本気で恐れてるんじゃないかと思えるような気弱さと甘えも感じ取れたからか、梓は口元を弛《ゆる》めた。

「面白いことばかり言ってないで。変わったことはない？」

「おかげさまでね。お兄ちゃんはホテルの仕事に打ち込んでるし、あたしはあんたの家に行かなくてもよくなったから、趣味を楽しむ時間ができて充実してるわよ。歌を習い始めたのよ、ちゃんとヴォイス・トレーナーについて。先生に『マリア・カラスが目標です』って言ったの。先生は笑わなかったけど、お兄ちゃんはそれ聞いて『ずうずうしいにもほどがある』って大笑いしたけどね。ほんとの目標は、うちのホテルでささやかな発表会をやることなの。イベントのできるホールを造ったの、知ってる？」

「さっき聞いたところ。来月こけら落としのコンサートやるんだって？」

「あら、お兄ちゃんったら裏切り者ね」

「裏切り者って？」

「いや、あんたみたいな冷たい子は当分無視しましょってお兄ちゃんと約束してたのよ」

子供か、とフサは脱力し、梓も微妙な表情で黙り込んだのだけれど、母親は梓の沈黙を意に介さなかった。

「だめね、お兄ちゃんは。まあそういう優しいところがいいんだけどね。あんた、じゃあ、当日はお手伝いするのね？」

「手伝いの話は出なかったけど」

「何言ってるのよ、気がきかないわね。普通、頼まれなくても自分からお手伝いするわって申し出るものよ」

「……お母さんは手伝うの？」

「手伝いたいって言ったんだけどね、年寄りにやってもらう仕事はないって。あたしは聴きに行くだけよ。あんたは若いから何でもできるわね。受付とか切符係はもう割り振ってるだろうけど、座席案内とか演奏家のお世話とか、何かやることはあるはずよ。家族はどんな時でも助け合うっていうのが玉石家の家訓だったでしょ？　特にあんたは、お兄ちゃんにはうんと世話になってるんだから、ここで手伝わないと恩知らずってものよ」

「わかった。兄さんに人手が必要か訊いてみる」梓はもの憂げに言った。

「あら、あたしから言っとくわよ、あんたが手伝うって。あたしとお兄ちゃんはおんなじ家に住んでるんだから」

だから考えなしに電話なんかしなきゃいいのに、とフサは胸を痛めたのだけれど、話を終えて電話機をダイニング・テーブルに置いた後の梓の顔はそう暗くはなかった。一杯コーヒーを飲んでから立ち上がると梓は、午後のうちに彬に貸し出す作品とホテル内のショップに卸《おろ》す商品の梱包《こんぽう》をすませた。その荷物は二、三日中に彬の手配する配送業者が取りに来ることになっていてあまり急ぐ必要もなかったのだが、梓がそんなに活動的になったのも、母親と話せてひとまず胸のつかえの一つが解消されたからと思われた。

夜は彬が電話をかけてきた。

「おまえ手伝いたいって言ってくれたんだって？」

梓が自発的に手伝いたいと言ったわけではないのだから話がやや違う、とフサは首をかしげたのだけれども、梓は細かいことにはこだわらず「うん、人手が足りないならね」と答えた。彬は嬉しそうだった。

「人手は充分だから心配するな。おまえにはもうサクラを頼んでるじゃないか。客席にすわっててくれさえすりゃいいんだよ」

「ありがとう。……お母さんにもそう言っといてくれる？」

「もう言ったよ」

それから配送業者が荷物を取りに来る日を告げると、「じゃあ、忙しいから」と彬は電話を切った。梓は胸のつかえがもう一つとれたように体の力を抜き、そばにいるフサの首筋に手を載せた。

彬は忙しくてもブログの文章を書く時間はひねり出したらしく、翌二十八日の午後には二十七日の日付の日記がアップされていた。母親と仲直りしたことでかなり調子よさそうになった梓は、ブログを読む時でさえいくらか余裕ができたようで、パソコンを起動する前に泡立て器まで使って丁寧にココアを作り、淹れたてを一口含んでじっくり味わってから読み始めた。

1月27日

兄が来た。私の願いを聞き届けたかのように。

日付の後の一行でフサは息を呑み、梓もカップをテーブルに置こうと下ろしかけていた手をぴたりと止めた。彬は現実の出来事を同時進行でブログに反映させようとしている？　衝撃と不快感で思考が止まった一瞬が過ぎると、フサは何が起こっているのか見きわめるために、マットレスの上で首を伸ばし眼を凝らして先を読んだ。

兄の顔を見た途端に嫌悪感が込み上げた。が同時に、熱いような冷たいような興奮を頭の中に感じ、妙な充実感を覚えた。10代の頃から兄が近くに来ると起こった感覚だ。

その感覚も、兄の顔そのものも懐かしかった。懐かしさと嫌悪感は両立する。

そして私は、仮死状態だった感情が甦り、止まっていた人生が再び進み始めたと思った。

兄は性的なことを求めなかった。私が用心深くかまえていたからかもしれない。私たちは普通の兄妹のように会話した。

今やっている仕事について夢中で話す兄には、働き盛りの男特有の色気があった。面白く聞きながら、なぜ私たちは普通の兄妹になれなかったのだろう、と喉元が締めつけられるような悔しさを抱いた。

兄との絆を切りたくはない。性的なこと抜きで兄妹の関係を立て直すことはできないものだろうか？ たとえば、セックスは断固として拒む、しかし妹として兄への愛情は示す、といった方法で。

適切な選択かどうかはわからない。しかし、第1歩として、私は来月催される兄主催のイベントの手伝いを申し出る決心をした。

やっぱり彬が書いてるんだ、と百パーセント確信したフサは、毒を飲むような気分でもう一度二十七日付けの日記を読み返した。今回の日記はフサが居合わせて直接見聞きした場面が素材になっているせいで、彬が自分の願望に合わせて梓を捉え、偽りだらけの物語に仕立て上げようとしているさまが、いちだんと生々しく感じられた。自分で自分を「働き盛りの男特有の色気があった」などと書いているのは、もはやあげつらう気にもなれない。まさか彬がここに書いている通りに現実を受け止めているということはないだろうけれど、こんな絵空事も彬にとってはそうリアリティの乏しいものでもないんだろうか。どこまで本気で書いてるんだろう。画面の何の変哲もないフォントの文字までぬめぬめとして見えて来て、フサは顔をそむけた。

モニターを睨み据えていた梓は、冷めかけたココアを気つけ薬のようにあおった。荒々しい動作から梓が相当怒っていることがわかった。梓はいつかのようにブラウザを終了させてエディタ・ソフトを開くと、キーボードを叩いた。

ばかが

フサは心の中で大きくうなずいた。梓は改行してまた打った。

肉い

最初は「憎い」と普通に変換したのを「肉い」に直したのだったが、「憎い」が「肉い」に変わったとたんフサは、どろりとした憎しみの膿《うみ》が、白い脂肪が縦横に走る腐りかけてねばねばした赤身の肉に巻き込まれくるみ込まれるイメージに見舞われた。なるほど長期間かかえ込まれ熟成した憎しみには「肉」という字が似合わないこともない、とフサが納得している間に、梓はもう一つ「肉い」をふやした。次《つ》いで、「肉い」をコピーしコマンド・キーとVキーを同時に押すペーストの操作で、瞬く間に画面上に「肉い」を連ねた。「肉い」は数珠《じゆず》繋ぎの腸詰めのように細長く延びた。

梓の中にはこれだけの、いや、たぶんこれ以上の憎しみが詰まっているんだ、と思うと怒りが満ちて来て、フサは思わず画面に向かって唸り声をたてた。振り返った梓のびっくりした顔を見てまた失敗したことを悟ったのだけれども、梓の純情そうな表情を見て愛情が急激に昂まり、文字に反応することを悟られる心配も吹き飛んだフサは、梓に駆け寄ると気持ちを込めて頭を梓の体に押しつけた。「愛の発作?」と言って梓は片手でフサを抱きかかえ、もう一方の手でエディタ・ソフトを閉じ「肉い」の文字列を消した。

その晩フサは、テレビ・ゲームの登場人物のアイコンとなって「肉い」の腸詰めを次々と食べ、ついには食べ尽くしてしまう夢を見た。

# 第四章

## 犬暮

*k e n b o*

　正午近く、梓《あずさ》の後について工房を出たフサは、冷たい二月の空気の中にさらに冷たくてつんとする成分が漂っているように感じ、白っぽく曇った空を見上げた。梓も同じように空を見上げていた。天気を読むように四方を見渡した梓は、母屋から引綱を取って来ると、いつになく早い時間帯にフサを散歩に連れ出した。丘の道を歩いていると刺戟のある冷たい空気の粒がどんどん鼻孔に流れ込んで来て、フサは何となくぞくぞくと胸が騒ぎ、頻繁に空を仰いでは跳ねるようにして歩を進めた。やがて眼の前にちらちらと雪が舞い落ちて来た。

　狗児《くじ》市のある県は全国でも上位に入る降雪の少ない地域で、たまに雪がちらついても積もることはほとんどない。房恵《ふさえ》の生まれ育った愛媛の町もめったに雪は積もらなかった。雪に親しんだのは東京に住んでいた約八年間だけで、その記憶も狗児に来て以来薄れていたから、今音もなく次々と降りて来る白くて冷たい粉がもの珍しく、フサは雪にじゃれつくように右に左に走った。子供ではないのでそう昂奮したわけでもないのだけれど、めでたいことの乏しい暮らしの中で少しでも心が浮き立つことがあれば、それに乗じて陽気にふるまい梓とフサ自身の気持ちを守《も》り立てたいのだった。

梓は傘を持っていなかったが急いで帰ろうとはせず、パーカーのフードを深くかぶり、長く延ばした引綱の先でフサがはしゃぐのを見守っていた。跳ね回るのに飽きたフサが振り返った時ちょうど腕時計を見下ろしていた梓は、顔を上げると胸にぶら下げていた犬笛を唇に当てて吹いた。以前朱尾《あけお》に贈られた鹿の角でできた犬笛で、その音は雪の中で暖かげに響いた。フサは梓に駆け寄った。梓とフサは家へと道を引き返した。雪はまだ降っていたが、地面に着くか着かないかのうちに融《と》けて消え、全く積もりそうになかった。

家の門に差しかかる頃、反対の方角から白い車が坂道を上って来た。梓の息遣いがかすかに変わった。車は速度をゆるめて門の直前で停《と》まった。運転席のガラス窓が下りて、梓と同年輩の肌の浅黒い女が顔を覗かせた。梓は女に微笑みかけると閉ざされた門扉《もんぴ》の錠をはずした。その背中に女が声をかけた。

「一年半ぶりに帰って来たら雪だなんて」

梓は腕の長さ分門扉を押し開いてから、振り向いて尋ねた。

「バルセロナには雪降るの？」

「積もるのは二年に一回くらいみたい」

この人が天谷未澄《あまたにみすみ》か、と悟ってフサは車中の女の顔に見入った。顔立ちに大きな特徴はないけれど、眼に力があり眉を黒くくっきりと描いているので意志が強そうに見えた。化粧がこのあたりの女性の標準からすると濃いのは、バルセロナ仕込みなのだろうか、それとも天谷未澄独自の流儀なのだろうか。じっと見つめていると、未澄もフサに眼を留めた。未澄はいきなり「フサ」と呼んだ。聞いただけで楽しくなるような親しげな呼び方だったので、フサの尻尾は大きく揺れた。門扉を完全にあけて車を入れるように促した梓に向かって、未澄は得意そうに言った。

「もうフサと心が通い合ったよ」

リビング・ダイニング・ルームに腰を下ろした未澄が、ロー・テーブルの上に真空パックのハムやらスカーフやら美術展のカタログやらのスペイン土産を並べると、露天市のような楽しい雰囲気が生まれた。ワインを出して来た梓が生ハムを指して「食べようか？」と尋ねると、未澄は「ジャガイモと卵とオリーブ・オイルがあったら、わたしがトルティージャ作る」と言って、さっとキッチンに立った。

天谷未澄は別ににぎやかに喋るわけでもないのに、お祭りめいた陽気な気分を自然に生み出すキャラクターだった。梓と未澄がキッチンに立って話していると、話に加われるわけでもないのにフサもキッチンに行って二人と一緒にいたくなった。食べ物をねだっているのではないと示すために、フサはキッチンの入口の床に伏せて二人から眼を逸《そ》らしたのだけれども、未澄は「やってもいい？」と梓に訊いてフサの前肢《まえあし》に生ハムを一切れ置いた。食べると濃厚な風味と、吸いついてとろけるような舌触りがなかなかのものだった。

梓は卵を溶く手を休めてフサを見た。

「三寿美にはなつくね。人を見る目があるのかな」

梓の口から出る「みすみ」という音には、「未澄」という浮世離れした雅号ではなく、本名の「三寿美」という日常的な字面を思い浮かべさせる親愛感が籠もっていた。未澄はフライパンの中のジャガイモを木のスプーンで潰しながら尋ねた。

「お兄さんには吐瀉物《としゃぶつ》をひっかけたのよね？」

「そうそう」

「天才犬ね、いい人と悪い人を見分ける」

梓は笑った。

「三寿美も高校の時から兄と喧嘩してたものね」

「喧嘩ってほどじゃないでしょ。お兄さんが『おれ、はっきり言ってきみが気に入らないよ』って言うから、『わたしもあなたが嫌いです』って応《こた》えただけだもの」

健全な感覚を持った人だ、とフサは喜んだ。こういう友達がそばにいたおかげで、過酷な少女時代に梓は精神の均衡を保てたのかも知れない。梓は家族と一緒の時には決して浮かべない満ち足りおっとりとした表情で、調理する未澄の手元を眺めていた。未澄が「卵入れて」と言った。梓がボウルから卵をそそぎ入れると、未澄は手早くかき混ぜフライパンに耐熱ガラスの蓋をかぶせた。それから話の続きを始めた。

「あれだけはっきりお互いに嫌いだって言い合ったら、かえって仲よくなっても不思議はないのに、わたしとお兄さんはそうはならなかったね」

「でも、兄は今でも三寿美のこと気にしてる。訊くのよ、『最近はどんなことやってるんだ』って」

「わたしの制作の論評がしたいだけでしょ？」

「まあそれがいちばんだとは思うけど」

「お兄さんの代になって〈ホテル乾《いぬい》〉は変わった？」

「悪くなったということはないみたい」梓はホテルのリニューアルや兄のしかけるイベ

ントについて未澄に説明した。「〈天狼《てんろう》〉ってバーはほんとにおいしいお酒を出すから、時間があったらちょっと覗いてみて。十四日のコンサートの日にでも一緒に行く？」

未澄は考え込むそぶりを見せたが、答えるよりも先にフライパンの取手を握り締めると、「ちょっと出ててくれる？　中味を裏返すから、オイルが飛び散るかも」と言った。フサは梓とともにキッチンの入口付近に避難した。未澄は呼吸を整えてから、フライパンを流しの上まで持って来て蓋を手で押さえたまま引っくり返し、蓋に受けた中味をするりとフライパンに滑り落とした。見事な一息の手業《てわざ》に梓は拍手した。緊張を解いた未澄は「これができるようになっただけでもスペインに住んでよかった」と息をついた。

それが好ましいやりかたなのか、梓と未澄はトルティージャをフライパンごとダイニング・テーブルに運び、切り分けたのを手元の小皿に取って食べ始めた。ハムの脂の滲《し》みたジャガイモの匂いとワインの香が部屋中に充満し、その異国情緒溢《あふ》れる匂いを深く吸い込んだフサは、梓と未澄と自分が異国の大衆食堂で憩《いこ》いの時を過ごしているかのような錯覚に一瞬囚われた。人間二人はバルセロナの街に次々と建てられる建築物について話していた。

「トラ・アグバルはどう？」

「わたしは面白いと思う。カタルーニャの紺青《こんじょう》の空に、あのガラス・パネルの光沢が合うのよ」

「街はよく見て回ってるの？」

「ううん。わたしはアトリエに引き籠もってるから。毎日道場に通ってる渋谷《しぶや》の方が街の変化には詳しいわ」

「渋谷さんは一緒に帰国したんだっけ？」

「いや、一週間遅れで帰って来ることになってる。弟子に慕われてるからあんまり休めないんだって。というか、あの人はスペインにいたいのよ。柔道家は外国では数も少ないし尊敬されるから、居心地がいいらしいの」

未澄の夫は柔道の師範なのか、と意外に感じたフサの気持ちを代弁するかのように、梓が言った。

「あなたが柔道家と結婚するなんて想像もつかなかった」

「わたしだって柔道家と結婚して外国暮らしをするなんて、人生設計に入ってなかったよ。何か小柄な男になつかれたなって思ってたら、六十キロ級の柔道選手だったんだものね。おかげで面白い暮らしができて感謝してるけど」

「よかったね、いい人が見つかって」

「梓にも探してあげようか？　独身の柔道家。七十三キロ級あたりはどう？」

梓は黙って微笑むと立ち上がり、トルティージャを一かけら餌皿に入れてフサの前に置いた。トルティージャは犬の口にほどよい温度にまで冷《さ》めていた。この食べ物には幸福な家庭の匂いがする、と思いながらフサがトルティージャを飲み下した時、未澄が遠慮がちな低い声で尋ねた。

「梓はずっと一人でいると決めてるの？」

梓は穏やかな眼で未澄を見つめた。

「決めてるつもりでもなかったけど、言われてみると、そうね、決めてるかも知れない」

「でも、ほんとの一人にはなれないんじゃない？　あのお兄さんがいる限り」未澄はあくまで遠慮がちに言った。「メールだとあんなにお兄さんを煙たがってるのに、実際は相変わらず密につき合ってるのね」

「家族の縁は切れないから」梓は力なく応えた。

「お父さんは家族も財産もみんな捨てて逃げたのに」

「父は感情を封じ込めて生きているようなところがあるから、そういうことができるのよ。祖父の教育が厳し過ぎたせいだとも聞くから、責める気はないけれど。わたしは父みたいにきっぱりと縁を切れない。あの家から離れてここで一人暮らすのが精いっぱいなの。中途半端な逃げ方だけどね」

「わたしには梓も感情を封じ込めて生きてるように見えるけど」

さすがに古くからの友達はいいことを言うとフサは感心し、会話の行方《ゆくえ》に期待して二人の顔を交互に見た。梓は未澄のことばをじっくり吟味《ぎんみ》するような間を置いてから、やわらかいけれどもはっきりとした口調で言った。

「うん。そうだと思う。何が不快で何が不快じゃないか時々わからなくなるし」

申しわけなさそうな弱った表情をしているのは未澄の方で、優しげに話しかける梓が未澄を慰めているように見えた。

「わたしには恋愛感情もないし、人との触れ合いへの欲求もあんまりないし、変なふうに育っちゃったなって思うわ」

声が優しいだけに話している内容がいっそう痛切に聞こえ、フサが感傷的な気分になったところへ未澄の科白《せりふ》が降って来た。

「触れ合いへの欲求がないのは、犬とばかり触れ合って欲求を使い果たしてるからじゃない？」

失礼な、人と犬との触れ合いを人間同士の触れ合いの代用みたいに語るなんて、とフサは憤慨《ふんがい》したが、梓は別にむきにもならなかった。

「犬を人間の代わりにしてるつもりはないの。犬がいるせいでわたしの人間への関心がそがれているとも思わない。わたしが人づき合いにあんまり興味がないのは、たぶん生まれつきよ」

未澄は困った顔を庭に面したガラス戸の方に向けた。雪は完全にやんでいるようだった。

「人づき合いに興味がない梓のお母さんやお兄さんが、普通以上に母親風、兄貴風を吹かしてかまって来る人たちなのは、皮肉なめぐり合わせね」

「考えようによっては、わたしみたいな人間にはちょうどいいのかも。母と兄が三寿美のご両親みたいに、電話で話すのは季節に一回、直接顔を合わせるのは二年に一回くらいで満足するようなあっさりした人たちだったら、わたしにはほんとうに人との交わりがなくなっちゃうだろうから」

「世捨て人になるのは望むところなんじゃないの？」

「人づき合いに興味がないのをいいことだと思ってるわけじゃないのよ。人との交わりを絶ってしまうと人間として終わりだっていう恐怖心みたいなものもあるし。世捨て人になるのは母が死んでからでいいわ」

梓は上《うわ》っ面《つら》でしか話していない、とフサは思った。声音や表情は誠実そのものの印象だけれど、意識的にか無意識的にか、話が一定以上に深まらない通り一遍のことばで未澄の問いかけを受け流そうとしている。家族や朱尾と梓が喋っている時には気がつかなかったものが、遠慮しながらも極力率直に問いかける未澄が話し相手だとよくわかった。まともに答えてもらえない未澄も気の毒だったが、人柄のよさそうな古くからの友達に対してさえ過度に防御的になってしまう梓も憐れだった。

未澄も同じように感じていたのだろう、梓が未澄のグラスにワインをそそいだ後、赤いワインが満ちたグラスに眼を落としたまま言った。

「梓は心を開かないね、昔から」

たちまち梓はひどく寂しそうな表情になった。そのあまりに素直な感情表現にフサも驚いたけれど、眼を上げて梓の顔を捉えた未澄も焦った様子で「あ、たまにちょっと物足りなく思うだけで、ちっとも悪いなんて思ってないから」とつけ足した。未澄が再び口を開いたのは梓が普段と同じ表情に戻ってからだった。

「わたし忘れられないんだけど、高校の頃梓のうちに遊びに行って話してたら、隣の部屋にいたお兄さんがドア越しに『ビール抜いて来てくれ』って言いつけたことがあったでしょう？　普通そのくらい自分でやるよね。妹にお客がある時ならなおさら。当然梓は『友達来てるから自分でやって』って断わったの。そしたら『やれ』『やらない』の言い合いになって」

「あんまり憶えてないけど」

「もめてたら一階にいたお母さんが聞きつけて、階段を早足で上って来てすごい勢いで部屋のドアをあけて、『お兄ちゃんを煩《わずら》わせてるの？』って叱りつけたのよ」

「ああ、その手のことならあっても不思議じゃないわ」

笑いながらうなずいた梓を、未澄は一瞬痛ましげに見やってから言った。

「ほんとに失礼な言い草で申しわけないんだけど、わたしはあの時心の底から梓に同情したわ。こんな家には生まれたくない、もし生まれてしまったらどんな手段を使っても脱出するって思った。ごめん。それだけ言いたかったの」

梓は怒りはしなかった。ただ、うつろにことばを放った。

「人がそう思うのはわかる」


天谷未澄が訪ねて来た数日後、梓はパソコンを開いて未澄宛てにメールを書いた。

この間は会えて嬉しかった。トルティージャ作ってくれてありがとう。

おいしさに興奮して、体にラテンの熱い血が注ぎ込まれたような気がしました。
そのおかげか、あれ以来気分上々で過ごしています。

また適当な社交辞令を、と後ろから見ていたフサは舌打ちしたくなった。あの日、梓も未澄も別れ際は笑顔で手を振っていたけれど、話しているうちに起こった感情のすれ違いは結局うやむやにされたままだった。もちろん少々の波風の後、何事もなかったようになごやかにつき合い続けるのも大人の作法ではあるけれど、梓が連《つら》ねる小ぎれいな挨拶はいかにも嘘臭く、読んでいて気恥ずかしかった。五行目の「気分上々で過ごしています」に至っては嘘臭いどころか本物の嘘だった。あれから梓はしばしば、もの思う風情《ふぜい》ですわり込んで動かなかったり、壁にピンで留めて飾った未澄のスペイン土産のスカーフをじっと見つめていたりで、あきらかに沈んでいるのだから。

相変わらずあなたははっきりとものを言うね。
久しぶりに話して、やっぱり未澄は私のことをよくわかってくれてるなと改めて思いました。

わかってくれてる？　フサはまた心の中で突っ込んだ。未澄が言ったのは「あなたは心を開かない」、つまり「あなたという人物の本心がわからない」ということだったのに。梓としては心を開いていないことを知ってもらえれば、充分理解された気持ちになるんだろうか。それとも、あの深まって行くことのない会話をあたかも実り多かった会話と未澄に対しても自分に対しても印象づけたくて、意図的にすり替えをやっているのか。口先で事実を都合のいいようにすり替えるのは梓の母と兄の常套《じようとう》手段だけれど、梓も同じことをしているのだとすれば、朱尾にまた「さすがあの一族だ」というような皮肉を言われかねない。

梓はしばらく手を止め文案を練《ね》っている様子だったが、やっと心が決まったかのようにキーボードを打った。

日本にいる間にもう1回くらい会えるよね？

ちょっとでも時間があいたら顔を見せに来て。

フサも喜ぶだろうから。

嘘だらけの内容だけれども唯一、梓の未澄と友達でいたい、見放されたくないという願いだけは伝わって来る。未澄がどう受け止めるかはわからないけれど、人によっては媚《こ》びを感じて不快かも知れない。いずれにせよ悲しいメールだった。どうして素直に「心を開かないと言われたのがこたえた」とか「あなたに言われたことについて考えている」とか書かないんだろう、といらだちながらも、フサは心の開き方を知らないかのような梓がかわいそうでならなかった。

モニターに眼を据《す》えたままの梓は書いた文章を読み返しているようだった。どこか書き直すだろうかとフサが見ていると、梓はやおら書き上げたメールを表示したウィンドウを閉じた。保存しなかったということは出すのをやめたのだ。新しく書き直す気もないらしく、梓はパソコンも閉じた。誠実味の乏しい文面に自分でも嫌気がさしたのだろうか。ともあれああいうメールを出さないことにはフサも賛成で、「お疲れさま」とねぎらう気持ちでフサは梓の隣に行き、膝の横に垂れた手を軽く舐《な》めた。梓の指先で頬を軽く掻いてもらい、「犬はつまらないことばをかけられずにすむからいい」と思った。

朱尾から電話があったのはそんな時だった。朱尾はフサに聞き取りやすいようにという配慮か、舞台役者のように明快な発音とよく通る発声で話した。

「彬《あきら》さんから聞きました。十四日はコンサートのお手伝いにいらっしゃるんですって？」

「ええ、雑用係で。会場で開演前にオープニング・サービスの無料ワインを配ったり、後かたづけをしたり」

やる気満々の彬は次から次へとアイディアを思いつくらしく、一度は「客席にすわってくれさえすりゃいい」と言ったものの、後から用事を頼んで来たのだった。

「わたしも飲み物を作って出します」

「それは業務外じゃありませんか？」

「一時的に〈天狼〉がホールに出店するということですよ。彬さんの言うには、〈天狼〉のウェイターたちの容姿がホールの雰囲気に合っているので使いたいのだそうです。ところで本日の用件なんですが、わたしは演奏が始まったらバーに戻りますから、もしフサを連れていらっしゃるのなら梓さんのお仕事中〈天狼〉のスタッフ・ルームでお預かりできますよ」

「そんなご心配いただかなくても大丈夫ですよ。フサなら家でも車の中でもひとりで待っていられますから」

「正直に言えば、わたしがフサに会いたいんですよ」

朱尾には何か計画があるのだろうか、とフサは首をかしげた。ひところのように毎日ではないけれど、朱尾とフサは定期的に夢うつつの世界で会っているのだから、特に会いたいということはないはずだった。しかし梓は丁寧に断わった。

「それならいつでもうちに会いに来てください。お仕事中にお預けしてもゆっくり対面できないでしょう？　それに、フサも初めての場所で何時間も過ごすよりは、馴れた所で待っている方が気楽だと思うんです」

「おっしゃる通りです。では、フサとは後日お宅で対面させてください」朱尾はあっさりと引き下がった。「それはそうと、お風邪か何かひかれてますか？　今一つお元気がないようですが」

確かに梓の声には普段ほどの張りがなかったがごくわずかな変調で、よく電話越しに気がつくものだとフサは朱尾の聴力に感心した。梓も嘆息した。

「朱尾さんの耳はごまかせないような気がするので言いますけど、いつもよりは少し元気じゃないかも知れませんね。まあでもよくある程度のことですよ」

「安心しました。もう少し深刻な事態かと思いましたよ」

朱尾は何気ない調子で言ったのだけれど、梓の表情が硬くなった。

「深刻な事態ってたとえば何ですか？」

声も表情同様にやや硬かったせいか、朱尾は返事の前にわずかな間を置いた。

「具体的なことを思い浮かべて言ったわけではありません。ただ、梓さんには明日突然消えてしまっても不思議ではないと思わせるところがありますからね、心配になったんです」

「朱尾さんが心配しているのは、わたしではなくフサの身の上でしょう？」梓は小さく笑い、朱尾の返事を待たずことばを継《つ》いだ。「大丈夫ですよ。何があってもフサを残しては逝《い》きません。たとえわたしがあのブログの書き手と同じ身の上だったとしても」

自らブログを話題にしデリケートな領域に踏み込んだ梓を、フサははっとして見上げた。更新の止まっている『兄来たりなば』だが、最終の日付の日記には「兄のイベントを手伝う」というような記述も出て来て、朱尾のように身近にいる者が読めば、ブログに登場する兄妹は彬と梓で書いているのは梓かと疑うことはまず間違いない。朱尾との会話でブログに全く触れないのは内容との関連を認めるようなものだから、梓としては疑いを打ち壊しにかかるしかないわけだった。梓の気持ちを思って胸が痛み、また朱尾がどう答えるだろうとはらはらしたが、朱尾は素朴な声音で呟いた。

「そうか。例のブログを読んでいるせいで、あの書き手と梓さんを無意識に重ねているのかも知れないな。あれを書いているのが梓さんではないのは、犬について書いている所があまりにも少ないことからあきらかなんですけど」

梓の緊張がゆるむ気配がすると、朱尾はつけ足した。

「それから、わたしはフサのことばかり心配しているわけではありませんよ」

梓は儀礼的に「ありがとうございます」と応じると、話をブログのことに引き戻した。

「わたしも境遇が似てるせいで、どうしてもあの書き手と自分を重ねてしまうんです。あの人もわたしと同じで、犬がいるおかげでぎりぎりのところで精神的に崩壊せずにすんでるんじゃないかって想像したり」

「当然そうだろうと思います」

朱尾はやや戸惑ったように相槌を打ったのだが、フサにも梓がブログの話題を引き延ばすのは、念には念を入れて疑惑を打ち消そうとしているのか、それともブログについて語るかたちをとって遠回しに自分自身の思いを吐露《とろ》しようとしているのか、判断がつかなかった。緊張したフサの耳に梓の淡々とした声が流れ込む。

「ただ、ぎりぎりで崩壊を喰い止めて生きて行くことが絶対にいいことかどうかという疑問もありますが」

「と言うと?」

「いっそ崩れ落ちてしまいたいと願う時だってあると思うんです。わたしにはありますよ、そういう時が。だけど、犬がいると崩れるわけに行かない。ごく稀《まれ》にですが、フサがいることがつらくなります」

フサは耳の先からつけ根にかけて氷漬けにされたかのように冷たくなるのを感じた。

朱尾が急いで注意した。

「そういうことをフサの前で言わない方がいいですよ」

梓は思い出したようにフサを見ながら「そうですね」と答えたが、フサの胸がずきずきと動悸《どうき》を打っているのには気がつかない様子だった。

「すみません、つまらないことをお聞かせしました。いつものことですが、朱尾さんが相手だと何だか安心して喋り過ぎてしまいます」

「どうぞいくらでも喋ってください」朱尾は温かい声で言った。「いつだったかお約束しましたね。梓さんにもしものことがあったらフサはわたしが引き取ると」

「ああ、そうでしたね」梓はきまり悪げにうなずいた。

「しかし、ことによったら、わたしに託《たく》すよりもどこであろうと道連れにする方がフサにとっては幸せかも知れませんよ。フサが主と慕っているのはわたしではなく梓さんなんですからね」

梓の唇に微笑が浮かんだ。

「わかってます。だけど、連れて行けない所もありますよ」

意味を測るように沈黙した朱尾が再び口を開くよりも早く、梓は重苦しさを振り払う明るい口調で言った。

「ほんとにすみません。どうしてこう暗い話になるんでしょうね。あの深刻なブログの影響でしょうか。でも、もう打ち切りにしましょう。コンサートの日にお目にかかることになりますね？」

梓が携帯電話をテーブルに置いた時には、フサはマットレスの上に戻って蹲《うずくま》っていた。振り返った梓は優しい顔で「フサ」と呼びかけ手を伸ばして来た。背中を撫でる手の動きはいつもと変わりがなかったのだけれども、フサは初めてうっとうしさを覚えた。原因ははっきりしていた。「フサがいることがつらくなります」という梓のことばが、冷たくなった耳の中でまだ響いていたせいだった。

二月十四日の夕刻、梓は助手席のフサの首筋の後ろに手をかけ「待っててね。ちょっと長くなるけど」と耳元に顔を寄せて告げると、車を降りて薄暗い空の下、ぼんやりと灯《あかり》の漏れる〈ホテル乾〉の玄関に向かって駐車場を横切って行った。首筋と耳元に残った梓の感触を反芻《はんすう》しながらフサは、フロント・ガラス越しに梓の後ろ姿を見送った。風でワンピースの裾《すそ》が翻《ひるがえ》り、梓はコートの前をかき合わせる仕草をした。たったそれだけの動作が痛々しく感じられて涙が出そうになった。

シートに敷かれた毛布に顎をつけ蹲っていると、頭の上の窓ガラスがこつこつと叩かれた。朱尾が覗き込んでいた。ドアが開かないかと前肢をドア・レバーに引っかけようとしたフサの頭に、「あけなくても話はできる」という朱尾の声なきことばが届いた。朱尾はかがめていた上体を起こして窓ガラスにもたれた。フサからはガラスに押しつけられた朱尾のコートの黒い生地しか見えなくなった。

「傷ついた感情の修復に成功したようだな」

「フサがいることがつらくなります」という梓のことばに心が冷えた日、フサは暗然として夢うつつの世界に入って行った。朱尾相手に発散したかったわけではなく、どことも知れない茫漠《ぼうばく》とした場所が野良犬のような気分に合うと思えたのだった。夢うつつの世界に朱尾の姿はなかった。ほっとするのと同時に物足りなさも感じつつ、書見台《しょけんだい》の前に肢を折ってすわった時、台の左側に小さな雪だるまを見つけた。

雪だるまにはブラック・オリーブの眼と櫛切りにしたマンゴーの口がついていた。甘い匂いに惹《ひ》かれてフサはマンゴーの口を軽く舐めた。雪の冷気が鼻先を打った。朱尾はいったいどこから雪を調達したんだろうと考えながら眺めているうちに、愛敬のある顔をした雪だるまは輪郭を霞《かす》ませ、本物の雪にはあり得ない速さで融け崩れて行った。地面にはブラック・オリーブと櫛切りのマンゴーと少量の水が残った。オリーブとマンゴーを食べ終わった時には、フサの胸の中はすっきりと洗われていた。理性的に考えれば、伴侶がいることで不自由を感じるのはその伴侶が動物であれ人間であれあたりまえのことで、何も梓に「邪魔だから捨てたい」と言われたわけではないのだから、さほど傷つく理由はないのだと思えた。

フサは雪だるまの感想を話そうとしたのだけれど、朱尾はフサを遮《さえぎ》るようにことばを投げた。

「あの時ばかりは、おまえが梓を嫌いになるんじゃないかと思ったぞ」

「それはないね。批判的になることはあっても」

「あの女は思ったよりずっとしぶといな」

「うん、生命力が強いね。必ずしもかっこよくはないけど」

朱尾はふいと背中を窓ガラスから離し、梓と同じように〈ホテル乾〉の玄関の方へ歩き去った。朱尾もこれからコンサートの手伝いをするのだった。

フサは梓と朱尾と彬が同じ場所に集まって忙しく立ち働くさまを思い描いた。梓は大丈夫だろうか。四、五日前に彬はデパートを通して梓にワンピースを送って来た。梓が今日着ているのがそれだった。名の通ったブランドの品だし着れば素敵に見えたけれども、鏡の前に立った梓は少しも嬉しそうではなかった。フサが梓の立場だったとしても、彬に与えられたという時点で、デザインがどうあれメイドか何かのお仕着せのコスチュームのように感じるだろう。梓の母親も二、三日前に電話をかけて来ていた。「あたしは楽団の人に花束を贈呈する役を頼まれたのよ」と得意げだった。妙《たえ》なる調べが流れる場所に物の怪《け》じみた者たちがうごめく絵図を、見られないのは幸運とするべきだろうか。

開演に先んじてリハーサルも行なわれるため、長い時間待たなければならなかった。普段は退屈するとすぐに眠気が差すのにこの日は眼が冴えて、フサは所在なく窓の外を眺めた。駐車場はそうこみ合ってはいなかったけれども、時々車の出入りがあった。車から降り立った若い女性の三人連れが、窓から覗いているフサに気がついて「あっ、犬」と声を上げ近づいて来た。フサが愛想笑いを浮かべると、女性たちは実際にフサに触れているかのようにフサの顔があるあたりの窓ガラスを熱心に撫で、笑いさざめいた。窓ガラスに横顔を押しつけたり、窓の開閉スウィッチを押して窓をあけたがっている真似をして見せると、女性たちは「わあ、賢い」「でも、エンジンを切ってるとあかないよ」などといっそう盛り上がった。

女性たちは梓よりも四、五歳若く見えた。梓にはあの女性たちのように屈託なく楽しんだ時期があったんだろうか、と楽しそうに喋りながら遠ざかって行く姿を見送りながらフサは思いを馳《は》せた。考えは自然に、梓はこれからどうなるんだろう、彬のブログはこのまま放置するんだろうか、それとも何か手を打つのか、梓とわたしの暮らしが劇的に変わることはあるんだろうか、といったところに及んだ。狗児を離れたい、とフサは胸の内で呟いた。外国でもいいし、四国でも九州でも沖縄でもいいから遠い土地に梓をいざなって行きたい。それは不可能だろうか。「崩れ落ちる」前に、そういう今までやってないことをためしてみるべきなのでは。梓の言う「崩れ落ちる」がどんなことを意味するのかわからないけれど。

再び窓ガラスを叩く音がした。朱尾は今度はコートなしのタキシード姿だった。

「演奏が始まったよ。一曲目はベートーヴェンだ」

車の屋根に片手をついた朱尾は笑いをこらえるような顔を見せていた。

「彬の開会の辞は見ものだったぞ。おまえも立ち会えればよかったな。あいつが何をしたと思う?」

「何をしたの?」

「文化芸術がどうの、これからのホテルの使命がどうのという、もっともらしいスピーチを五分間した後にな、『ではホールのオープンを記念して、つたないながらわたしが愛読している詩の朗読をさせていただくことをお許しください』と言って、読み出したのが宮沢賢治の『永訣《えいけつ》の朝』だ」

「『あめゆじゅとてちてけんじゃ』ってやつ？」フサは胸が悪くなった。「死んで行く妹を悼《いた》むあの詩？」

「そうだ。真剣に、魂を込めて朗々と読んでいたぞ。過剰表現だったけどな。声を震わせたりして、自己陶酔しきっていたよ。せっかくの詩がすっかりおまえの揶揄《やゆ》する〈彬のテーマ〉になってしまっていた」

「まさか『わが妹を思いながら読みます』なんて前置きしなかっただろうね？」

「さすがにそうは言わなかったな。余談めかして『わたしにも妹がいるんですけど』とは言ったか。「梓に聞かせることは充分に意識してたんだろうな」

常人の発想じゃない、とフサは身震いし、そんな朗読を聞かされた梓の胸中を思った。

「朗読中、梓の様子見た？」

「顔を赤くして冷たい眼で宙を睨《にら》んでいた」

その表情がありありと浮かび、フサは思わず眼を閉じた。

「無理もないね」

「母親もすごかったぞ」

それだけのことばでフサはぞくりとした。朱尾はあきらかに面白がっている調子で、しゃぶられた飴玉のように快楽の匂いがすることばを送ってよこした。

「こちらも朗読中顔を真赤にして、おまけにこめかみに筋を立てていた。で、時々梓の方を睨みつけるんだ。人目のある場所なんだから、いくら嫉妬してももう少し隠すべきだと思うんだが、あの母親は感情を抑えられないんだろうな」

母親の表情もまざまざと浮かび、フサは心の声で梓に「逃げて」と呼びかけた。


十四日の夜、コンサート終了後の打ち上げは〈天狼〉で行なわれたので、朱尾はあの彬の朗読の後同じ場にそろった梓と彬と母親を近くで観察していたけれども、特に目立った出来事はなかったとフサに伝えた。

「母親は笑顔を絶やさなかったぞ。客に対しても梓に対してもな。ただ、あれも裡《うち》に怒りを溜めれば溜めるほどヒステリー性の笑みをこぼすタイプだろうけどな」

「笑顔の下でこっそり梓の足を踏んでたりしなかった？」

「気がついた限りでは、そういうことはしてなかった。母親は一人早めに帰ったよ。梓が彬にハイヤーを呼んであげてと頼んでいた。全くかいがいしいことだ」

朱尾から具体的な事情を聞くまでもなく、あの夜駐車場に戻って来た梓は機嫌のいい表情ではなかったけれどひどく変わった様子でもなく、母親に血が噴き出すほどのひどい目には遭《あ》わされていないようだと察しがついた。駐車場を出た時、フサはホテルの玄関に彬らしい人影が情緒たっぷりの佇《たたず》まいで梓の車を見送っているのを眼にした。きっと彬の耳には自分の朗読する「永訣の朝」が響き渡っているのだろう、と思った。

翌日からしばらくは梓は役目を果たしてほっとしたという様子で、心を休めて過ごしていたようだったけれども、彬のブログのチェックは怠らなかった。

2月17日

兄主催のイベントが無事終わった。

簡単な打ち上げの後ゲストが帰ると、張りつめていた兄の表情がほっと弛《ゆる》んだ。その弛んだ顔に浮かんだ微笑みが、「お疲れさま」ということばとともに私に向けられた時、日差しに温まった麦の匂いが漂った気がした。

すると、子供の頃の私が憧れて止まなかった少年時代の兄の顔が、疲れた中年男の風貌の底から浮かび上がって来た。

あのこと以前の兄と以降の兄が私の中で初めて結びつき、ああ、兄はやっぱり兄なのだ、という思いがずっしりと腑《ふ》に落ちたのは、私も疲れていたせいだろうか?

それとも、ささやかな手伝いにすぎないけれど、一緒にイベントを成功させた喜びで仄《ほの》かな心の通じ合いを感じていたせい？

わからないけれども、今はめったに訪れない充足感に浸っていたい。

イベント会場で母が兄と私の写真を撮った。人にシャッターを押してもらって家族3人の写真も。

兄を真中に3人並んだ画像をカメラのモニターで見た母は、頬を上気させて「女性ファン2人が憧れの役者と記念撮影してるみたいね」と言った。

無邪気な母の最大の願いは、いつまでも家族の絆を維持したいということだ。

母の願いは叶《かな》えてあげたい。

やはり彬の筆にかかるとあの日の梓の心情も肯定的に描かれるのだった。さすがに「兄による詩の朗読に感動した」などとは書かれていないことが救いだけれど、身元がばれる恐れが大きくなるので書けないのだろう。珍しく母親も登場しているが「無邪気」というより無気味で、現実の母親と変わらなかった。

「彬なんてちっとも役者に見えないのに。お母さん、ほんとにあんなこと言ったのかな？」

尋ねたフサに朱尾はうなずいた。

「あの時シャッターを押したのはわたしだ。日記には『会場で』と書かれているが、実際はバーでのことだ」

2月18日
一夜明けた今日は妙に寂しい。
昨夜微笑み合った兄の顔も母の顔ももう薄い膜がかかったようで頼りない。
犬しかいないがらんとした家で、家族の美しい情景を思い描こうとしている。

2月19日
気持ちが一昨日の夜へ返って行く。あの夜の昂揚に引き戻される。

日常が静かで単調すぎるせいか、たったあれだけの出来事が頭の中の闇で明々と輝いているようだ。

引き戻された先には兄の笑顔がある。

昔から母はしばしば「あんたはお兄ちゃんに可愛がられてて幸せね」と言った。

かつてはそんな言葉がひどくうっとうしかったものだけれど…。
あの晩以来、ずっと昔の、兄が純粋に私を可愛がっていた頃のことをしきりと思い出す。
そのたびに感情が千々《ちぢ》に乱れる。

どうやら彬はあのイベントによって梓が感情や自己認識の変化を促《うなが》されるという筋書きにしたいようだった。それはあまりにも安直な発想ではないかとフサには思えたし、梓も一通り読んでは面白くもなさそうに他のサイトに飛んだりブラウザを閉じたりして、いっこうに感情を動かされた気色《けしき》も見えなかったのだが、彬はひたむきとさえ呼べそうなほど熱心に連日日記をアップした。

2月20日
肉しみの中に少しの愛着も残っていなければ、こんなに苦しむことはない。
兄の方は私をどう思っているのだろうか？
お互い本当の意味での愛情を抱いていないことは間違いないのだが。

2月21日
兄と私を結ぶ感情を何と呼ぶべきか知る者はないだろう。あまりにも一般性のない感情だ。

かつての私はとても純朴だったから、兄と性行為をしている時、私への愛情めいたものが見つからないかと懸命に探していた。

たまに兄が「おまえは本当にかわいそうだな」と言ったのは、そんな私の気持ちを見て取ったからかもしれない。

認めるのは辛いけれど、10代の私は兄に愛されたかった。

今は誰かに愛されたいという欲求はない。しかし、誰も必要としていないわけではない。私は自分の弱さを認める。

2月22日
これだけは言える。
兄は決して私を棄てないだろう。
私も兄を棄てない。棄てられない。兄が私に何をしようとも。

　フサはうんざりした気持ちを朱尾に訴えた。

「彬が自分の願望を梓に投影してでっち上げたくだらない読物だってわかってるんだけどね、毎日読まされて多少は彬の妄想世界に取り込まれてるのか、正直わたしは『兄と私を結ぶ感情を何と呼ぶべきか』なんていうくだりには、彬もわたしと似たようなことを思うんだなってちょっと共感めいた感慨を抱いたのよ。わたしの久喜《くき》や梓に向ける感情も名づけようがないものだから。恥ずかしい限りだけど」

「恥じなくてもいい。流行歌の歌詞にだって安っぽい小説にだって、時に個人的な琴線《きんせん》に触れる一節が含まれているものだ」

「その後の記述がもう、書きながら彬がにやにや笑うさまを想像させていやなの。梓が虐待者の愛情を求める健気《けなげ》でかわいそうな女の子だって考えると、彬は気分がいいわけ？　ほんとにゲスだね。それでしまいには『私は何をされても兄を棄てない』って、何あの甘ったるい科白。エロゲーのシナリオじゃあるまいし。才能なさ過ぎ」

「おまえも真剣に読み過ぎだ。あれは作品ではなくて戯《ざ》れ書きだぞ。そう深く考えて書いてはいないさ。〈彬のテーマ〉の一種だな。それがポルノ・ゲームのシナリオみたいになってしまうのが悲しいが」

「あんなの読んでてもいやな気持ちになるだけだよね」

「そうとも限るまい。彬の動向も窺えるしな。梓だって動いただろう?」

そうなのだった。二月二十二日付けの日記を読んだ梓は、パソコンの電源を切りお茶を淹《い》れに立った。そのまま何事もなく一日が終わるかと思えたけれど、風呂から上がって来るとまたパソコンを起動し彬のブログを表示させた。短時間のうちの再訪だから更新はなく、梓は二月分の日記を読み返し、さらに最初からすべての日記を読み直した。それからかなり長い間頭を垂れてじっと考え込んでいたが、やがてメール・ソフトを開き天谷未澄宛てのメール作成にとりかかった。

出発ももうじきだね。寂しくなります。
未澄が同じ市内にいてくれるだけで心強いのですが。

この前と同様にうわべだけの薄っぺらなことばを連ねたメールになるのだろうかとフサは恐れながら見守っていたのだが、今回は模様が違った。

この間未澄に、私は心を開かないって言われたけど、
だからといって未澄が責めたりしなかったのが嬉しかった。

たぶん私は、心を開くとはどういうことなのか一生わからないままだと思います。

梓は開き直っているのではなく精いっぱい誠実に語っているのだとフサには読めた。

今インターネットでは個人的な事柄を公開するブログも盛んだけれど、ブログを書いてまで人に伝えたいことは私にはありません。

他人のブログの中には興味を惹かれる物もありますけどね。

いかにも嘘っぽいのに何か生々しさも含まれているようなのが好みです。

たとえば、愛読しているブログにこんなのがあります。

梓がメールに貼ったのが『兄来たりなば』のURLだったことに、フサは息が止まるほど驚いたのだったが、梓は淡々とした文章を続けた。

時間のある時に読んでみてください。

もちろん私が書いているのではありません。

出発までにもう1回会えるよう祈ります。

「大した決断だ」

朱尾が褒《ほ》めると、狼のマスクのガラスの眼が粘液を分泌したように光った。さらさらした涙ではなくカウパー腺液か何かを連想させる光り方だった。

「決断というよりは衝動かな。緻密に計算してるわけではないだろうからな。いずれにせよ、おまえも嬉しいだろう？」

「うん。あのブログを読んでもらったって何が伝わるものやらわからないし、未澄からどんな反応が返って来るか予測もできないのに、とにかく投げかけられるものを投げかけてみようとする心がいとおしい」

「未澄にも面白い反応を期待するとしよう」

未澄は梓がメールを出した翌々日にやって来た。どんな表情をしたものか迷っているように頼りなくおさまりの悪い笑顔で。梓について庭に出たフサは、とことこと未澄の足元まで行って見上げた。未澄の顔に自然な笑みが浮かんだ。笑みはそのまま梓にも向けられた。

人間二人はダイニング・テーブルで甘酸っぱい香りのたつ柚子《ゆず》茶を飲んだ。未澄は自分のスペイン土産のスカーフが壁に飾られているのを知ると一瞬泣きそうな表情になったが、眼元に力を込めて口を開いた。

「教えてもらったブログ読んだ」

梓は黙ってうなずいた。

「世の中にはひどいことがあるなって思ったけど」未澄は重くなり過ぎないように、努めて平淡に喋ろうとしているように見えた。「あなたの書いてた通り、どこか胡散臭《うさんくさ》くていやらしい感じがするブログね。書き手の言ってることが特定の方向に流れ過ぎてるせいかな、とかいろいろ考えてみたけど結論は出せてない。とにかく、読むと確実に陰鬱な気分になるよね」

梓は「うん」と応えて眼を伏せた。

「ただ、梓がああいうブログを愛読してるのは、梓にとってはあの書きぶりの奇妙さを越えて心を揺さぶられるところがあるからだと思った。わたしにも読むように勧めたのは、それを伝えたかったからじゃないかとも思う。あ、言いたくないことは何も言わなくていいからね。人の心を無理矢理こじあけるのは趣味じゃないし」

もしかするとあらかじめ草稿でも用意して来たのではないかと思えるほど、未澄は細心にことばを選んで話していた。

「わたしは梓があのブログを教えてくれただけで、すごく嬉しい」

今度は梓が泣き出しそうな顔になった。未澄は充分に間を置いてから話を再開した。

「もしあのブログを書いてるのが梓の家族だったらって想像したら、目眩《めまい》が起きそうになったわ」

「わたしも」梓は少し口元を弛めた。「お母さんが書いてるのかな、とも疑ったり」

梓は一呼吸の後、笑い出した。

「それ、すごい発想。わたしは考えつかなかった」

未澄も一緒に笑ったけれども、真顔になると尋ねた。

「バルセロナに移って来ない？　わたしたちと一緒に住んでもいいし」

幸福な暮らしを予感してフサの胸はときめいた。しかし、梓は首を振った。

「ありがとう。でも、今は無理」

「無理？　どうして？」

「兄はどうでもいいんだけど、母を捨てられないのよ。わたしまで父みたいにいなくなったら、あの人、きっとおかしくなっちゃうわ」

「当座は弱るかも知れないけど、お母さんはじきに立ち直るよ。お兄さんばっかりひいきするような人じゃない」

「だけどね、あれで案外、何でも言いたいことを言えるわたしに依存してるところがあるのよ。うまく愛情表現のできない人だしね」

未澄は梓を悲しげに見た。

「暴力をふるう男から離れられない女の口にする科白みたい」

梓の眼は宙に泳いだが、すぐに焦点《しょうてん》を取り戻した。

「そう言われたこと、憶《おぼ》えとく」

うなずくと、未澄は深く響くアルトで言った。

「来たくなったらいつでもバルセロナに来ればいいから」

「ありがとう」

梓は安らいだ声で応えた。ようやく緊張が解け、梓は柚子茶を入れ替えた。

「そういえば」思い出したように未澄が言い出した。「梓の言ってたホテルのバー」

「〈天狼〉ね」

「うん。この間前を通りかかったんで寄ってみようかなと思ったんだけど、入口のまわりや前の歩道に何だかちゃらちゃらした若い女が何人も立ってて、入る気なくしちゃった」

「前はそんなのいなかったのに」

「それがいかにも男に誘われるのを待ってる風情なのよ。よく見たら高校生っぽい感じの子も交じってるし。ナンパ・スポットみたいになってる」

「いったいどうしちゃったのかしら」

梓は不思議そうに呟き、フサも首をひねって朱尾に会った時にどうなっているのか訊いてみようと思ったのだったが、その晩遅く夢うつつの世界に入って行ったものの、〈天狼〉近辺の雰囲気については訊く余裕もなかった。それというのも、未澄が帰った後梓がパソコンを起動しメールをチェックしたら、母親からのメールが入っていて、そのメールには彬のイベントの際に親子で撮った写真が貼付《ちょうふ》されていたのだけれど、真中の彬と向かって左側の母親はちゃんと写っているのに、右側の梓の顔だけ指だかストラップだかの黒い影で覆い隠されていたのだった。

メールの本文には「この間みんなで撮った写真送ります。あんたの顔はちょっと残念なことになってるけど、お兄ちゃんが格好良く撮れてるいい写真でしょ?」とあった。即座に貼付写真ごとメールを削除した梓が不憫《ふびん》で、フサは朱尾に文句を言った。

「あれ撮ったの朱尾さんだよね? また初歩的なミスをしたものね。カメラ苦手なの?」

「わたしは二回シャッターを切った。一回はまともに撮ったから、全員の顔が写った写真もあるはずだぞ」

フサは背筋の毛がざわめくのを感じた。

「わざと撮りそこないの方を選んで送って来たってこと？」

「やると思っていたよ。詩の朗読の時に露骨に嫉妬を燃やしていたんだから、ただですむはずがない」

「朱尾さんもわざと梓の顔を覆ったの？　母親に意地悪の材料を与えるために？」

「違う。梓が母親との関係を見直す材料にするようにと思ったんだ」

当然朱尾の本心などフサにはわからなかった。

「朱尾さんの人を操《あやつ》る腕にはいつも舌を巻くけれど、母親が梓を傷つけるように仕向けるのはあんまり意味がないんじゃない？　今さらどんな仕打ちを受けたって、梓がお母さんを客観視したり恨んだりするようになるとは思えないもの。母親への感情を変えさせるよりバルセロナに住む気にさせる方が、簡単だし幸福への早道じゃないの？」

「その二つは同じことだ。あれほど母親に支配されている梓だぞ。母親への固着を断ち切るまでは、この土地を離れようとはしないだろう。そして、母親の愛情を獲得しようと無駄な努力を繰り返すのさ。母親が生きている限りな」

梓が母親からの悪意まる出しの写真を受け取った夜、フサは朱尾とそんな陰鬱な会話を交わしたのだけれど、当の梓は、またしばらく青白い顔をして沈み込むんじゃないかというフサの予想に反して、アルコールで気を紛《まぎ》らわせることも、祈るような表情でメンタル・クリニックの薬を飲むこともなく、わずかな時間で傷を癒《いや》し平穏な気分を取り戻したふうに見えた。それはやっぱり天谷未澄と心を触れ合わせて「バルセロナに住めば？」と手を差し延べてもらえたことの効果だろう、とフサは思った。実際にバルセロナに移ることはないにしても、いざという時の逃げ場が確保できていると心持ちはだいぶん違う。あたりまえのことだけれど、友達は時に犬よりも大きな働きをする。

梓はかなり変わったのかも知れない。バルセロナに帰った未澄に宛てた梓のメールには、次のような一節があった。

変だと思うかもしれないけれど、あなたに教えたあのブログを読むと、「こんないやらしいことばにやられないようにしなくちゃ」と闘争心のようなものを掻き立てられるの。生きるための糧《かて》はとんでもない所からも拾えるものね。最近は更新がないから闘争心も萎え気味だけど、かわりに兄のステレオでヒップホップを聴いて心を鍛えています。

書いてある通り、梓はこれまでは音楽はクラシックをラジオで聴くらいだったのに、この頃はわざわざレンタル・ショップに出かけてヒップホップやダンスホール・レゲエのCDを借りて来る。そして、「スピーカーの鳴り方が変わるからポピュラー音楽はかけるな」という彬の言いつけを破って、頻繁に彬のステレオを使うようになった。さらに、歌詞カードを見ながらラップの練習まで始めたのにはフサは心底驚いた。もちろん英語でいきなり上手にラップできるわけもなく、いつもつっかえて途中でやめるのだけれど、やめた後梓が一人はにかんで苦笑するのが可愛らしかった。

フサが嬉しく感じた梓の変化を、朱尾は「遅い反抗期だな」と嘲笑った。朱尾が時々示す梓への冷淡さにどうしても馴れることのできないフサは、思わず内心の呟きを朱尾に送った。

「朱尾さんって根本的に心が冷たいよね。非人間的っていうか。いや、人間じゃないんだろうけど」

「狼だ」朱尾は心持ち胸を反らした。

「本物じゃなくて化け狼でしょ？　わたしが化け犬なのとおんなじで」軽く返した後、ふと思いついて尋ねた。「そういえば、朱尾さん自身には魂ってあるの？」

「そんなもの、あってたまるか」

飛んで来る石を叩き落とす勢いで返された答を、ほんとうだろうかとフサは疑ったのだけれど、話を逸らすように朱尾は続けてことばを放った。

「それから言っておきたいんだが、おまえだって梓以外の者にはろくに興味がなくて冷たいじゃないか」

「え？　そう？　人間だった頃から誰にも冷たいなんて言われたことないけど」朱尾が珍しく魂評ではなく人物評をしたのもフサには意外だった。「だけど、かりにそうだとしても、わたしは犬なんだから主と定めた人一人に愛情を集中させるのは自然でしょ？」

「ああ、気にするな」

朱尾は面倒臭そうに話題を打ち切った。そっちが言い出したことなのに、と不満だったし、冷血の見本のような朱尾に冷たいなんて言われたくないと反発もしたけれど、朱尾が抱いている印象を是が非でも訂正したいとも思わなかったので、フサもそれ以上は追及しなかった。

フサが訊いておきたかったのは、未澄の言っていた〈天狼〉近辺の雰囲気の乱れについてだった。レンタル・ショップの行き帰りに〈ホテル乾〉の前を通りかかるのだが、なるほど、夕刻以降十代に見える者も含めて二十代の前半くらいまでの年頃の女たちが路上にたむろしていた。歩道に寄せて停めた車の中の男と話している女もいた。女たちの服装が特に露出度が高くない点を除けば、街娼のいる外国の街角さながらの情景で、さすがに売春をやっているのではないだろうけれど、未澄の伝えた通り、軽薄な「ナンパ・スポット」ではあるようだった。

「ああ、あの娘たちのほとんどはうちで雇っているウェイターとバーテンダーのファンだよ。容姿がいいのをそろえているからな。娯楽の乏しい田舎町だと、恰好のいい男が評判になるのはあっという間だな」

朱尾は適当なことを言っているとフサは感じた。

「じゃあ何であの子たちは店に入らないで外でぶらぶらしてるの?」

「金がないから奢《おご》ってくれる男が現われるのを待っているわけだ。まあ中には、うちの従業員はどうでもよくて、男に飲ませてもらうのだけが目当ての連中もいるけどな」

「飲ませてもらうだけですむの?　そのままホテルの部屋に上がって行く即席カップルもいるんでしょう?」

「いるんだろうな。そこまで確認してないが」

店内の動向を朱尾が把握していないわけはない。

「二十歳未満の子供にお酒飲ませたりしてないだろうね?」

「それはさすがにやらない。彬のホテルに悪い評判がたつのはかまわないが、わたしの手が後ろに回るのは願い下げだからな」

「やっぱり狙ってるんだね？〈ホテル乾〉近辺の風紀を乱すのを」

狼のマスクの口角がじわりと上がったように見えたが、ことばでは朱尾はあくまで否定した。

「そんなことはない。なるがままにしておくだけさ」

朱尾はこんなに秘密めかした態度をとるキャラクターだっただろうか、と首をかしげたけれども、よく考えれば別に朱尾がフサにすべてを明かす義務はないのだった。朱尾が何を企んでいようと、少なくともフサと梓を打ちのめす事態には至らないだろう。〈ホテル乾〉のことは魂はなくても魂胆《こんたん》はありそうな朱尾にまかせておくしかない。ただ、〈ホテル乾〉の前を通りかかるたびに梓が不安げな表情になるのは気にかかった。

今梓はフサと並んで床に置いたクッションにすわり、少年らしさを残した若い男声のラップと、甘くハスキーな女声の歌唱のデュエットをフィーチュアした曲に耳を傾けていた。ラップと普通の歌のぴったりタイムを合わせたデュエットは、別々のカテゴリーの表現の組み合わせでも一方だけが引き立つということはなく、ばらついた感じがありながら絶妙に調和していて新鮮だったし、メロディーの部分は叙情的で美しかった。レンタル・ショップから借りたCDでこの曲を知った梓は、同じCDを買って繰り返し聴いているのだった。フサはラッパーのバウ・ワウという芸名が気に入っていた。

梓がフサの背中に手を置いて撫でたので、フサもその手を軽く舐めた。フサの唾液のついた部分が昼下がりの光線を受けて淡く光った。梓は手を拭こうともせず、指先でフサの顎の下をくすぐった。梓に飼われて以来全く変わらない触れ合いの喜びに浸りながらフサは、梓と未澄の踏み込んでもいい距離を絶えず確かめ合うようなデリケートなつき合いぶりを、高度に人間的で素敵だけれども自分には向いていないと思った。わたしは裏を読まずにすむ単純な間柄の方がいい。天谷未澄とわたしとではどちらがより梓を支えているかわからないけれど、梓は両方必要としているだろうし。

そういえば朱尾も韜晦癖《とうかいへき》があって率直で楽しいつき合いをしようとしない、とフサは思い当たった。友達同士ではないのだから別に楽しくつき合う必要はないとはいえ、交流がここまで長く密になると、友達とも取り引き相手ともつかない曖昧なかたちのまま仲が深まったと感じられるのに、朱尾がなぜわざわざささいなことでも手の内を見せないようにするのか理解できなかった。秘密めかさなければもっと気持ちがいいのに。

フサはごく最近の朱尾とのたわいのないやりとりを思い出した。フサは、朱尾のかぶっている狼のマスクの右肩につくあたりの皮が、癖がついてめくれ上がっているのに気がついたのだった。

「朱尾さん、そのマスク、穴があいたりしたらどうするの？　替えはあるの？」

朱尾はわずかに頭を傾け、フサの視線の先のマスクのめくれ上がった所を指先で押さえた。

「替えは用意していない。万が一穴があいたって一晩もあれば自然に塞がる」

また信じていいのかどうかわからないことを、とむっとする一方で、マスクが自立した生命体のように再生するイメージに魅力を感じて、フサは身を乗り出した。

「タコやヒトデみたいだね」

「そんな下等な生物になぞらえてくれるな」

フサが軽口を続けたのは、朱尾が不平を鳴らしたのが愉快だったからだった。

「もしかして朱尾さんの本体は、人形《ひとがた》の体じゃなくてそのマスクの方なの？　まさかね。そこまで気持ち悪くはないよね。たとえそうでも、犬としての寿命が尽きた後は一緒にいてあげるけど」

「一緒にいてあげるも何も、おまえの意思とかかわりなく、わたしのものになるのがおまえの義務なんだが」

やんわりと指摘する朱尾の語気にかすかに困惑の気配が漂っているのも、フサの笑いを誘った。むやみに謎めかすところは感じがよくないけれど、基本的に朱尾と一緒にいると居心地はいいし、わたしにとっては気安い相手なのに間違いはない、とフサは考えを結んだ。朱尾の言うことは信用できない場合が多いけれど、別の次元でわたしは朱尾にかなりの信頼を置いている、といえるだろうか。ああ、でもやっぱり、こんなややこしい関係よりも素直に愛情を交換できる梓との関係の方がいい……。

愛聴曲を何度かリピートさせた後、梓はリモコンをステレオに向けてCDを一曲目から再生する操作をした。フサとしてはそろそろ別の声が聴きたくて、ロー・テーブルの端に置かれているフォクシー・ブラウンのCDにちらりと視線を送ってみたりもしたのだけれど、当然梓は気づかず、曲のバックのトラックのメロディーを口ずさみながら、ロー・テーブルの上、CDの二十センチ横にあるノート・パソコンを開いた。フサは諦めてマットレスに上り、ウェブを閲覧《えつらん》する梓の後ろ姿を眺めた。

いくつかのウェブ・サイトを回った後、少し休んでから梓は『兄来たりなば』にアクセスした。今日も更新はなく、最終の日付の日記にある「兄を棄てない。棄てられない」という見苦しくも芝居がかった文章がまっすぐに眼に飛び込んだ。梓は腹立たしげにリモコンを取り上げてステレオの音量を上げると、後ろに倒れてフサのいるマットレスに上半身を預けた。場所をあけるために伏せ直したフサは、梓の顔の横に顎を下ろした。梓は片手をフサの頭に添え、頬をフサの横顔に寄せた。舌を出すと梓の顔のどこかに触れた。フサは舌先が触れる先がどこか見定めないまま、愛情を込めて梓を舐めた。

この上なく単純な幸福感に酔いながらフサは改めて考えた。朱尾が言うようにわたしの梓への慕情には性的な欲求が含まれていて、梓との触れ合いには性的な快感が混じっているのかも知れないけれど、もしかすると親子の間のものであれ友達同士の間のものであれ人間と愛玩動物の間のものであれ、すべての体の触れ合いの中にはあらかじめ性的な快楽の萌芽《ほうが》があるのかも知れない。逆に、すべての性的快楽は親子の触れ合いの快楽に代表されるような原初的な快楽を基盤として発達したものともいえるだろうか。性的快楽と一般的には性的と見なされない快楽が実は根本のところでは融け合っているのだとしたら、梓と触れ合う喜びの中に性的な要素が含まれているように思えたとしても騒ぎたてるほどのことではないのではないか。朱尾はなぜそんなことにこだわってるんだろう？

フサは、以前朱尾が梓に言った「セックスに関心がない」ということばや、フサが「梓と結婚して」と頼んだのを断わって言った「わたしはよき夫のつとめを果たせない」ということばを思い出した。ひょっとしたら朱尾は性的不感症なんだろうか？　インポテンツというよりも、性的な欲求がごっそりと欠けているような感じがある。そればかりか、人間でも動物でも普通は抱いている情愛にも乏しい。心の不感症でもあるのかも知れない。そんないろいろ欠けた朱尾に、どうして偉そうに性的欲求や愛情のことをつつかれなければいけないんだろう？　あるいは自分に無縁なものだからこそ気になってつつきたくなるんだろうか？

梓が体を横向きにして両手でフサの頭をやわらかく包み、フサが朱尾はこういう触れ合いの喜びを知らないに違いない、いったい朱尾の覚える最高の喜びはどんなものなんだろう、とぼんやり思っていた時、音楽の切れ目を抜けて門扉を開く甲高い金属音が耳に届いた。続いてＢＭＷっぽいエンジン音も響いたが、フサを優しく撫でている梓にはまだ聞こえていないようだった。玄関をあける音はフサにもよく聞き取れなかったが、不快なものがひたひたと近づいて来る気配は濃くなって来る。

「おい、何だ、この騒音は」

リビング・ダイニング・ルームと廊下を仕切る扉が開くのと同時に、音楽に負けないくらい大きな彬の声が侵入した。頭を起こした梓と彬の眼が合った。

「おれのステレオでラップなんかかけてんのかよ。ひでえな」

どなり出すかと思われたが彬は案外冷静で、ステレオに近づいてＣＤデッキの停止ボタンを押すと、ダイニング・テーブルの椅子に腰を下ろし、テーブルにあった梓の飲み残しの冷めたほうじ茶を喉に流し込んだ。脱いだコートを無造作に床に放り、ネクタイをはずして言う。

「何だってラップなんか聴き始めたんだ？　それはいいけどな。この手のはCDラジカセで聴きゃ充分だろ？　おれのスピーカー、傷《いた》めないでくれよ。最高級品じゃあないけど、それなりの金かけてんだからな」

「だったら持って帰って」

梓は起き上がってロー・テーブルにもたれ、うとましそうに言った。彬は雰囲気の悪さをごまかすように、にやにや笑った。

「意地の悪いことを言うなよ。それよりこの間はコンサート手伝ってくれてありがとうな。県下でもけっこう話題になっててさ。何件か取材の申し込みもあったよ。企画成功ってわけだ。やっぱり臆せず踏み出してみるもんだな」

恰好をつけた口調と表情は、後でブログに「兄の顔は成功を勝ち得た誇りに輝いていた」とでも書くつもりなのか、と思わせるものだった。

「実はあれからひそかに、おれの天職はプロデューサー業じゃないかと思ってるんだよ。ホテルマンじゃなくてな」

梓が眉を曇らせた顔を上げると、彬はますます調子づいた。

「振り返ってみれば、おれのプロデューサーとしての仕事はおまえのプロデュースから始まってるんだよな。早くからおまえという絶好の素材に恵まれたのは宿命ってやつかな」

梓が彬を遮った。

「この頃〈天狼〉の評判はどう？」

「繁盛してる。相変わらずの評判だ」彬は二言でかたづけた。「おまえにとっておれは何かと口を出すうるさい兄貴なんだろうけど、おれはおまえに感謝してるよ。今初めて言うけど、おまえからインスピレーションをもらったことだって何度もあるし。知ってたか？」

梓はロー・テーブルについた片手で眼元を覆い、うんざりした調子で尋ねた。

「それで、今日は何の用なの？」

彬の表情に不満が顕《あら》われたが、陰湿な微笑みがそれを覆い隠した。

「用はおまえの応対しだいで変わるぞ」

梓が緊張したのを見て取ると、彬の微笑みに余裕が加わった。大人の体に小学生のいじめっ子そのものの表情を浮かべ、彬は「そこを動くなよ」と言うと、わざとらしくゆっくりと椅子から腰を浮かせた。梓も彬のいる方向とは逆に腰をずらしたが、逃げた方がいいのか逃げない方がいいのか判断しかねたように、そのまま止まった。彬が「怖いか？ 動くんじゃないぞ」と言いながら近づいて来た。梓は立ち上がらなかったが、ロー・テーブルを盾にするように彬の方へぐいと押しやった。フサも跳び上がって梓の隣に並び、唸《うな》り声をたてた。

「こいつ、また吐いたら承知しないぞ」

彬はフサを一睨みし、用心するようにテーブルの角を大回りして梓に近寄ろうとした。梓は立ち上がってステレオのあたりまで逃げ、フサも後を追った。彬は立ち止まった。

「犬がいると美しいシーンになるな。おれには悪役を押しつけやがって」

急に疲れた風情を見せて、彬はフサのマットレスにどさりと腰を落とした。わたしのマットレスに汚ない尻を置くな、というフサの心の叫びはワンという吠え声となった。

彬は立てた膝に腕を載せしばらく何か考えている様子だったが、ロー・テーブルの上に開いたままのノート・パソコンに眼を留めた。梓の口から、あ、というような息が漏れた。画面には彬のブログが表示されているはずだった。

彬はパソコンに向けた眼を細めると、文字を読みやすいようにテーブルをつかんで引き寄せた。まるで初めて出くわした文章だとでもいうふうに、ゆっくりスクロールしながら丹念に読んで行く。梓もフサも立ち尽くしている以外に何もできなかった。フサにとってはとても長いと感じられた時間が過ぎ、ようやく彬はパソコンから眼を離して振り返った。

「おまえ、こんなものを書いてるのか」

彬の顔は紅潮してやに下がった笑みをたたえ、昂奮のせいか声にはビブラートがかかっていた。

「何言ってるの？　それ書いてるの、兄さんでしょ？」

梓の声も震えたが、彬の熱を孕《はら》んだそれとは違って凍りつきそうな硬い声だった。

「おれ？　おれがおまえのふりをして書いてるって言うのか？」彬は心底おかしそうに笑った。「おれがそんなことして何の得になるんだよ。普通に考えておまえだろ、書いてるのは」

梓は半歩後ずさった。

「普通に考えるなら、わたしだって書かないわよ。インターネット上にあんないやな恥ずかしいことを」

「じゃあ誰が書いてるんだよ」彬はむっとした口調で言った。

「だから兄さんだってさっきから……」

梓の細い声を彬は太い息で断ちきった。

「不毛な会話はやめようぜ」彬はパソコン画面をちらりと見てにやりと笑った。「おれに読まれたくなかった気持ちはわかるけど、もう見つかったんだからしょうがないじゃないか」

彬が強気にしらばっくれているのか、嘘を事実と思い込める資質のおかげで、ほんとうにこの瞬間は自分がブログを書いたことを忘れているのか、フサには判断がつかなかった。梓も筋の通った会話はできないと感じたのだろう、俯《うつむ》いてひとこと口にした。

「兄さん、どうかしてる」

「うん、おれたちはどうかしてるよ。ずっと昔からな」彬はいつもの通り梓のことばを勝手にすり替え、〈彬のテーマ〉を奏《かな》で始めた。「おれだって、どうしてこんなことになってしまったんだろうって何度も考えたさ」

「なってしまった」じゃなくてあんたがそうしたんでしょ、とフサはただちに心の中で反論した。

「責任の大半はおれにあることもわかってる」

「大半」じゃなくて「すべて」と言え、とフサが腹を立てるのと同時に、梓もものの言いたげに呼吸を乱した。

「おまえがおれを恨むのは当然だと思うよ。おれはおまえの人生の軌道を大きく変えたんだから。だけど、おまえの人生を台なしにしたとは思ってない。平々凡々と生きていたんじゃ絶対得られないものを、今のおまえは持ってるよな？」

「何？　絶対得られないものって」

「緊張感。その緊張感によって研ぎ澄まされる感性。おまえの陶芸家としての個性も、おまえの個人的な体験と切り離せないはずだ」

「平凡な人生でよかったのに」梓は冷笑するように吐き捨てた。

「特異な生き方をしてるやつは平凡に憧れるからな」

軽く受け流して立ち上がった彬は、キッチンに入りワインとワイン・オープナー、そしてワイン・グラスを二つ手にして戻って来た。今度はフサのマットレスの上ではなくロー・テーブルの前に胡坐《あぐら》をかき、二つのグラスに赤ワインを満たして梓に「すわらないのか？」と声をかける。梓は立ったまま返事もしない。彬は一人ワインに口をつけた。

「このワインは今一つだな。もうちょっといいのを買っとけよ」

いい気なもんだ、と虫酸《むしず》が走り、フサは床に腰を落とした。つられるように梓も膝を折ってその場にかがみ、フサの体に手を添えた。ワインを流し込んだ彬は、どこを見ているのかわからない眼つきでいちだんとなめらかに語り始めた。

「今日は洗いざらい話すぞ。正直、最初からおまえのことを深く考えてたとはいえないんだ。おれは何か情緒が欠けてるみたいなところがあってさ。子供の頃は妹っていう概念が理解できてなくて、おまえのことは自分よりとろい、言うことをきかせなきゃいけない生きものぐらいにしか見てなかった。だから、自分の肉体的な欲求を持て余す年頃になったら、あんなことやっちゃったんだよな」

彬は笑った。後ろめたさを紛らわせるためなのか何なのか知らないけれど、よくそこで笑えるものだ、とフサは吐き気がした。

「ほんとに自分勝手でどうしようもないやつだったよな、おれは。だけど、時がたつにつれて少しずつ、おまえのことをいいな、可愛いなって思う気持ちが育って行ったんだ。兄貴らしい気持ちっていうのかな。あたりまえだよな。だって、おまえは泣いたりすねたりしても、最後にはいつもおれのことを受け入れてくれたんだから。それで優しい気分にならなきゃ、いくら何でもどうかしてる」

「ちょっと待って」梓は悲痛な声で割って入った。「ああいうのが受け入れたってことになるの?」

「おまえの言いたいことはわかってるよ」彬は夜店に並ぶセルロイドのお面のような笑顔でうなずいた。「そこでおれはおまえを育てることにしたんだけど、おまえもおれの感情面を成長させてくれたんだ。決して、おれがおまえを育てただけの一方的な関係じゃない」

梓のことばは彬の幻想を何の痕跡も残さず素通りしたようだった。梓は力をなくしたのか足を崩し床にすわった。彬の声は続く。

「なあ、おれたちは根っこは別々だけど幹も枝も絡み合いながら大きく高く伸びた、二本で一組の樹みたいなものなんだよ。そう思わないか？　おまえはおれを恨んでるだろうし、おれはおまえを好きかどうかもわからないけど、おれたちは愛憎を越えて強く結びついてる。普通の兄妹以上に、いや、それどころかそこいらの夫婦よりも強くな。確かにおれたちは異常だよ。でも、この世に一組くらいこういう兄妹がいたっていいじゃないか」

「わたしは離れたい」梓は膝を立てて両腕でかかえると、顔を伏せて言った。

「わかってるってば」彬はまたにやにや笑った。「離れたいけど離れる決心がつかないんだろう？　おれたちみたいなのを共依存っていうんだ」

「兄さんは全然わかってない」梓はきっぱりと言った。「そもそも人の気持ちがわからないのよ。そのブログの女性と違って、わたしは兄さんに愛憎半ばするせつない気持ちなんか抱いてない。何度も言ってるけど、わたしに手を出し続けるなら死んでほしいくらいよ」

実際に梓が彬に「死んで」と言ったのを耳にしたことのあるフサも、今の険しいことばにはどきっとしたが、当の彬は平然としていた。

「ああ、何度も聞いた。おまえ、言うことが変わらないよな」彬は手をつけていない方のワイン・グラスを指した。「飲まないのか?」

油が水をはじくように、彬は他人のことばをはじくのだった。梓の体に一瞬力が籠もったのは激しい感情を押し殺すためだったのだろうとフサには思えた。それから梓は吐息とともに力を抜くとワインに向かって腰を浮かせかけたのだけれど、梓を彬に近づけたくなかったフサは、頭を梓の前にさっと伸ばしてその動きを阻《はば》んだ。不思議そうに見下ろした梓だったが、すわり直して両腕でフサの首を抱いた。彬は不快そうに眉を動かすと言った。

「その犬がなかなか賢いのは認めよう。だけど、その賢さが命取りになることもあるって教えてやりたいもんだ」

「兄さんはそのひとりよがりさが命取りになることもあると知っておくべきよ」梓は再び訴えた。「わたしのふりをしておかしなブログを書くのはやめて。あんなものを書くからますます現実を見る眼が歪むのよ。ちゃんと聞いて。いい? 兄さんに頼みたいことが三つあるの。まず、あのブログを閉じて。そして、もうわたしに触らないで。それから、お母さんをいちばんにだいじにして。ほんとにお願い」

ようやく彬から余裕が消えた。

「もう触るな、か」

彬の返答を待つ梓の脈拍が速くなっているのがフサにはわかった。彬はしばらく顎をさすったり髪をかき上げたりしていたが、やがて垂れた頭をめぐらせ上眼遣い気味に梓を見た。

「おまえが信じるかどうかわからないんだけどな。おれはおまえとセックスがしたいわけじゃないんだ」

梓は静かに彬の次のことばを待った。

「あんまりうまく言えないんだけど、この世にたった二人きりの兄妹だってことを確かめたい、お互いにかけがえのない相手だってことを確かめたいんだよ」

「じゃあ、する必要はないよね？」梓の声には希望が滲《にじ》み出していた。

「そこが難しいところだ。今言ったような気持ちとセックスは切り離せないんだよな。おまえに体で受け止めてもらえないと、お互いたいせつにし合ってるっていう実感が起こらないんだよ。わかるか？　性欲を満たすのが第一目的じゃないんだ。セックスは心を満たす手段なんだ」

「兄さんにとってはそうでも、わたしの方はセックスを強《し》いられるとだいじにされてない、道具にされてるって思うのよ。だいたいセックスそのものが不快だし」

彬の凄まじく自己本位な理屈に対してよくそんな穏便《おんびん》な言い方ができるものだ、とフサは感心した。案の定、彬は甘い声を出した。泣きわめいたり暴れたりしない穏やかさゆえにつけ込まれるともいえるけれど。

「いや、だいじだよ。馬鹿だな」

梓は両手で眼を覆った。

「お母さんとは確かめ合わないの？　お互いかけがえのない相手でしょ」

「何言ってんだ、おまえは」彬は声をたてて笑った。「気持ち悪いよ」

「だから、今兄さんが感じた気持ちの悪さはわたしが兄さんに感じる気持ちの悪さと同じなんだってば」

初めて彬の顔色が変わった。

「よくそんないやがらせが言えるな。不感症のくせに」

フサが牙を嚙みしめた時、梓もきつい声で言い返した。

「実の兄にやられてりゃ不感症にもなるわよ」

彬は梓を睨みつけたが、言うべきことばを見つけられない様子だった。怒り、というか思い通りにならないことへの欲求不満が彬の体内で沸々《ふつふつ》とたぎっているのが眼に見えるようだったが、なぜか彬の唇は微笑みの形に歪み始めた。じわじわと笑いを拡げつつに唇の間から歯を覗かせると、彬は姿勢を変えワイン・グラスに指をかけたのだが、その際故意か偶然か、肘がテーブルの端に置いてある手つかずのままのグラスにぶつかった。ぱりん、という小気味のいい音がして赤い液体とガラスの破片が床の上に散り広がった。

彬も梓もしばし無表情で床の惨状を眺めていたが、事の張本人の彬がいっこうに動こうとしないので、梓が立って雑巾、塵取り、巻紙式ワイパーなどを取って来た。床を拭く梓を見て、彬もガラスの破片の比較的大きな物をつまんで塵取りに載せ始めた。彬と梓が接近したのが気になって立ち上がったフサが右往左往していると、梓が振り返って「すわって」と指示した。「ガラス踏んじゃいけないから、かたづくまでね」ともつけ加えて。

彬が梓の腕をつかんだのは、床に目立った破片が見えなくなり、細かい破片を始末するために梓がワイパーを取り上げようとした時だった。梓は振りほどこうと身をよじった。

フサが唸り声をたてるよりも早く、梓の尋ねる声がした。

「まだやるの？」

「何もしやしねえよ」

そう答えたくせに彬は梓の腕を放さず、二人は揉《も》み合った。

「放して」

「おまえが動くのをやめたら放す」

「そんなこと言って放したことなんかないじゃないの、これまで」答えない彬に向かって梓はさらに言った。「お母さんに言うわよ。いいの？」

彬は動きをゆるめた。

「何を言うんだ？」

梓が冷たく黙ったままなのが彬をいらだたせたようだった。

「おふくろが卒倒するようなことを言うのか？　言えるのか？」

ためらうような間を置きつつも梓はうなずいた。

「よし、じゃあ言えよ。今すぐ電話をかけて言え」

彬はロー・テーブルの上にあった携帯電話を梓に突きつけたが、思い直したのか自分で発信の操作をして梓に手渡した。呼び出し音はフサの耳にも聞こえた。梓は息をついて携帯電話を耳に当てた。ほんとうに兄とのことを告げるのか予想がつかず、呼び出し音が繰り返されるにつれていても立ってもいられなくなって、フサは立ち上がると数度足踏みをした。母親は手が放せないか何かで電話に出ないかも知れない、出ない方がいい、いや出て一波乱あった方がかえっていいのか。思い煩っているうちに呼び出し音が止まった。例の甲高《かんだか》い声が「はい、何？」と言った。彬は燃え立つ眼で梓を見つめていた。

「……お母さんの息子のことだけど」梓はしゃがれた声を出した。

「あたしの息子って。お兄ちゃんがどうしたの？」母親もただならない気配を察した模様だった。「今、あんたの家？　お兄ちゃん、そこにいるの？」

「うん」梓は肩に力を入れ、声を振り絞った。「引き取りに来て、お母さんの息子を」

それだけ言うのがやっとだったのだろう、梓は電話を握ったまま凝固《ぎょうこ》し、「何？　どうしたって言うの？　わけがわからないわよ」という母親の声だけが小音量ながらも室内にくっきりと響いた。彬が梓の手から電話をむしり取った。

「心配ない。ちょっと喧嘩しただけだよ。いつもの梓の情緒不安定だ。おれもじきに帰るからさ。晩飯一緒に食えるよ」

梓が電話に顔を近づけて大きな声で割り込んだ。

「お母さん、来て。助けて」

彬は梓の顔を押しやり、急いで電話の向こうに声をかけた。

「来なくていいからな」

彬の腕をくぐり、梓は叫ぶ。

「来て。一生のお願い。来てくれるって信じてる」

「来るんじゃないぞ」

野太い声でおごそかに言うと、彬は電話を切った。梓は腕をかかえる姿勢で俯き、震えているようだった。

「やっぱり言えなかったな。まあ、よくがんばったよ」

彬は満足げに言うと梓の頭に手を伸ばしたが、梓は上体を反らせてその手をよけた。眉根を寄せた彬は、今度は両手を伸ばして梓の手首を捉えた。梓の両手首を引き寄せると陰湿に笑う。梓はもがきながら言う。

「お母さんが来るわよ」

「来ねえよ。おれが来るなって言ったんだから」

彬はゆっくりと梓にのしかかって行く。

「今日ばっかりは来ると思う。来ないなら母親じゃないわ」

彬の笑みが大きくなった。

「おまえには気の毒だけどな、来るもんか」

背中が床につきそうになると梓は「ガラスが」と呟いた。彬は今気がついたというように体を起こすと、破片が飛び散っていないと思われるダイニング・テーブルの方に梓を引きずった。フサはワンと吠えた。自分でも初めて聞く濁った奇妙な吠え声だった。彬が振り向きもしないので、続けてワン、ワン、ワン、ワンと吠えた。彬はやっと動作を止め、梓に「犬を黙らせろ」と命令した。梓が「無理」と答えると、鼻を鳴らしいちだんと強い力で梓を引っぱった。フサは二人の所に飛んで行った。

「セックスしたいわけじゃないって言っただろう?」彬は梓の上に乗り、耳元に囁いていた。「セックスだと思わなければいいんだよ。な? 魂を貪《むさぼ》り合う行為とでも考えてみろ」

彬の口から出ると「魂」ということばは汚物を意味しているかのように聞こえ、フサは胸がむかついた。そうだ、犬形ゲロ噴射銃にならなくては、とフサは意識を胸のむかつきに集中した。すると、気合いを感じ取ったのか彬がフサに眼を向け、素早く腕を伸ばして鼻面を横に押し向けた。

「そう何度もゲロをかけられてたまるか」

彬は起き上がるとフサの首輪をつかみ、四肢を踏んばるフサを乱暴に引きずって部屋を横切ると、ガラス戸をあけフサを庭に放り出した。ガラス戸が閉まる寸前「何をするの」と梓が激しくどなるのが聞こえたが、彬は動じることなくガラス戸の鍵をかけると、梓の腰の上に腕をまわしさば折りにした。フサは玄関へと走った。犬用の出入口を抜け廊下を駆け抜けたが、リビング・ダイニング・ルームの扉も堅く閉ざされていて、ドア・ノブに前肢を伸ばしてもノブを押さえてうまく手前に引くことはできず、何度か扉にぶつかって吠えた後、また庭に走った。

彬は梓を床に組み敷いていた。「セックスしたいわけじゃない」という自分の科白を証明するつもりか、しばらくは不器用に梓の髪や腕を撫でていたが、やがて乳房にも手を伸ばした。死体のように横たわった梓は、心の中で必死で母親に呼びかけていたに違いない。フサもまた眼の前で進む行為を見つめながら、兄妹の母親が駆けつけて来ることを祈っていた。しかし、彬の勝ちだった。母親は最後まで姿を現わさなかった。

事を終えた彬が玄関から庭に出て来た音を聞いて、フサは飛びかかって嚙みついてやりたいという気持ちと、気味の悪いものに近づきたくないという気持ちが同時に起き、首だけ足音の方に向けて地面を踏みしめていたのだけれど、家屋の陰から彬の姿が現われると自然に唸り声が出た。耳に入らなかったらしく、彬は足どりも変えずＢＭＷのそばに立ち、コートのポケットを探って衣擦《きぬず》れの音をたてた。

その平静な態度が腹立たしさを煽《あお》り、フサは数歩駆け寄ってワンと吠えた。彬がぎくりとする気配があり、強気になったフサはさらに近寄ると体を低くし憎しみを込めて唸った。彬はあきらかにあわて、素早くドアを開いて車に乗り込むとエンジンの音を響かせた。彬が「轢《ひ》くぞ！」と言った声が聞こえたような気もするし、いや、あのエンジン音のする中で車内の彬の声が外に届くわけがない、とも思う。しかし、急発進した車がフサの眼の前に迫って来たのは事実だった。

そうしてもそうしなくてもぎりぎりのところで車にぶつかることはなかったのかも知れないが、フサは必死の横っ跳びで大きな鉄の塊から逃がれた。すぐに怒りが恐怖心を押しやり、門を抜けて出て行くＢＭＷに向かってフサは喉も嗄《か》れよとばかりに吠えた。

初めはワン、ワンと短く吠えていたのだけれども、とうに彬の車が見えなくなっていることに思い当たると、最後は感情の発散のためだけにサイレンのように長く吠えた。遠くでどこかの犬が共吠《ともぼ》えするのが聞こえて、ようやくいくらか頭が冷えた。

「死なくてよかったな」

その晩遅く、夢うつつの世界でフサを待っていた朱尾は真先にそうことばをかけた。フサは長時間続いた緊張を解き、体を投げ出すように地面に伏せた。いつものようにステッキに腰かけた朱尾の足先が眼の前にあり、ぴかぴかに磨かれた靴の革にフサの毛の白い所がぼんやりと映った。

「娘の必死の頼みもきけない母親なんて……」

朱尾と顔を合わせたら存分に母親の悪口を吐き出そうと思っていたのに、いざそうしようとすると感情がふくれ上がり過ぎてことばがつかえた。無理に続ける気力はなく、フサはことばを途切れさせたままにした。

「今日ばかりは梓に同情するよ」朱尾にさえも常日頃の揶揄《やゆ》する調子はなかった。「母親がいつどんな時でも何があっても、梓より彬を優先することを思い知らされたんだからな」

フサが家の中に戻った時、梓は浴室にいた。梓が着ていた服が洗濯籠に乱暴に突っ込まれ、端が籠の縁からはみ出し垂れているさまにも胸が絞られ、フサは眼を逸らして脱衣所の床に蹲った。延々とやまないシャワーの水音に交じって梓の嗚咽《おえつ》が聞こえるたびに、仔犬のような鼻声が漏れそうになるのを牙を嚙みしめてこらえた。

浴室を出た梓は、顔に泣いた跡を残しながらも静かな表情で体を拭き髪を乾かし、キッチンで入眠剤らしい錠剤を飲むとただちにベッドにもぐり込んだ。暗闇の中、梓が長いこと身動き一つしなかったので、どうやら眠りについたようだとフサは安心しかけたのだが、梓は突然しゃくり上げると掛布団の下に体を丸めた。ここで自分があまり心配を表わすと梓に負担をかけるだろうと思ったフサだったけれども、やはりじっとしていられず、掛布団の盛り上がっている部分を梓を舐めるのと同じように優しく優しく舐めた。

掛布団の布地の味を思い出してやり場のない気持ちになったフサは、少々八つ当たり気味に朱尾に問いかけた。

「どうするの、朱尾さん？ こんなんじゃとても幸せな犬生《けんせい》とはいえないけど」

「何を言ってる。ちょっとしか生きていないところで判断するな。犬生まだ長いぞ」

朱尾はジャケットのポケットから取り出した物を口に当てた。鳴り響いたのは鹿の角から作った犬笛の音だった。朱尾が梓に贈ったのとは別に自分の物も持っているのを、フサは初めて知った。ひなびた音色が少しフサの気分を慰めた。朱尾は犬笛をポケットにしまうと、話を再開した。

「母親も自分で自分を追い込んだな。この先、梓に『あの時来てくれなかった』って言われたら何も言い返せなくなるんだから。はっきりと支配力は弱まったな。その意味じゃ今回のことには意義があるわけだ」

しかし、フサには先行きがそう明るいものとも思えないのだった。あの梓が母親に強く出るようになるだろうか。母親にきちんと怒りを抱けるのだろうか。梓と母親の間には彬もいる。力にものをいわせて梓を思い通りにしたとはいえ、梓に最後通牒《つうちょう》を突きつけられた彬にも、さすがにこれまでのような余裕はないに違いない。手負いの獣が三匹集まったようなこんな状況で、どうすれば楽観的になれるだろう。事態は好転したとする朱尾の見方も理解できるのだけれど、フサは不安でたまらなかった。

次の日からフサは、それまででいちばん大きな梓の変調を見続けることになった。朝眼を覚ましているのになかなか起き出そうとしない、朝食を食べなくなり昼夜の食事も不規則な時間にとる、ろくろの前にすわっても作業に入らず腕組みをしたままじっとしている、そうかと思えば、ただ土を際限もなくいじるだけで全く成形しようとしない、といった具合で、もちろん精神治療薬も寝酒も欠かさなかった。コンピューターにもあまり触れず、ブログ『兄来たりなば』のチェックもやめた。すすり泣く回数はだんだん減って行ったけれども、ふと見ると眼に涙が光っていることはよくあった。

三、四日後、昼に一回、夜に一回、電話が鳴ったが梓は出ようとしなかった。留守番電話のメッセージを残すこともなく電話は切れた。もともとほとんど鳴ることのない電話だし、かけて来たのは彬か母親、たぶん母親だと思われたが、梓は実家に電話してみようともしなかった。その二日後、宅配便で苺が届いた。差出人は母親で、添えられた手紙には「苺の到来物があったのでお裾分けします。持って行ってあげればいいんだけど、忙しいので配達で失礼」とだけ記されていた。梓は苺を冷蔵庫にも入れずダイニング・テーブルの上に置いておいた。苺は部屋を清めるような涼やかな香をたてたけれども、食べられることのないまま数日で腐り始めた。そして、ためらいなく捨てられた。

そんな梓を見ているフサは、つらさが胸に積もって息切れしそうだった。

「朱尾さん、わたしの魂は傷んですごくまずくなってると思う。食べるつもりなのかどうか知らないけど」

フサがこう言ったのも、八つ当たりか甘えのようなものだった。

「心配するな。ある種の肉と同じで、よく叩いた魂はうまいんだ」

朱尾のほどよく毒気を含んだ返事が、その時のフサには心地よかった。

苺を捨ててから何日目だったか、梓は河井《かわい》メンタル・クリニックに行った帰りに車を差尾町《さしおちょう》に走らせた。実家に行くのか、何をする気だろう、と助手席でフサが案じていると、梓は実家の近くで車のスピードを落としたものの、止まりはせず再びスピードを上げて通り過ぎた。そのまま帰るのかと思ったら、自宅の方角ではなく狗児の繁華街へとハンドルを切った。目的はないようだった。梓はどこにも降りず、ただぐるぐると街路をめぐった。薄闇に沈んでいた街が見る見るうちにネオンや店の灯できらめき出したのが、神経の疲れたフサの眼には夢幻《ゆめまぼろし》のように映った。

梓も闇を照らす灯に癒されるところがあったのだろうか、その日からしばしば夜の狗児の街を車であてもなくさまようようになった。

夕食を終えてから寝室に入るまでのひととき、梓がスケッチ・ブックに作品のイメージのラフ画を描いていて、フサは静かな部屋の中、鉛筆が紙をこするかすかな音に耳を傾ける。かつてはよくあったその時間は、フサにとっては幸せな暮らしの象徴だった。けれども今、工房での作業に没入できないのと同様に、創作の想を練ることにも集中しづらいらしい梓は、いったん握った鉛筆を手放し、立ち上がってブルゾンをはおるとフサに眼顔《めがお》で合図した。フサは軽く尻尾を振って梓の後に従った。

街中に出かけてもドライブそのものを除けば、楽しめることがそうあるわけではない。車だからアルコールは飲めないし、買物のできる店も多くは七時か八時に閉まる。立ち寄るとしたら、比較的遅くまでやっている喫茶店や大手チェーンのリサイクル・ショップ、レンタル・ショップくらいのものだった。ただ、リサイクル・ショップやレンタル・ショップに入っても何も買わず何も借りないことが多かった。おそらくそれでも、丘の上の一軒家でじっとしているよりは寂しさや不安が紛れるんだろう、とフサは推測した。

昼間のように明るい光をガラス窓越しに放つ大型リサイクル・ショップから四十分ほどで出て来た梓は、今日は手に買ったCDの入ったビニール袋を提《さ》げていた。本を買った日には喫茶店で少し読んでから帰ることもあるけれど、CDを買った日はまっすぐ帰ってさっそくステレオで聴くことが多い。今夜も梓は早々に家への最短ルートに入った。〈ホテル乾〉の前の舗道には相変わらず若い女が何人も立っていて、特殊な雰囲気を醸《かも》し出していた。三月に入って暖かくなったためか、ますます人数がふえたようだった。携帯電話の光で顔を下から照らし笑いさざめいているグループもあり、そういう一見無邪気そうな娘たちが交じっているのが、いっそう猥雑《わいざつ》な印象を強くした。ちょうど前にいた車が女たちに興味があるのかスピードをゆるめたので、梓も合わせて徐行した。前の車は舗道に車を寄せて停まった。女たちはさりげなく車の方を見た。梓の車の中まで窺った女もいた。

その時「何やってんだ。道を塞ぐな。散れ」と男の猛々《たけだけ》しいどなり声がした。舗道の真中を、背筋のぴんと伸びた六十代とおぼしきジャンパー姿の男がやや女性的なよく通る声で怒りながら、早足で歩いているのだった。女たちは驚いた表情で舗道の両端に分かれた。男は立ち止まると女たちを見渡して「帰れ。こんな所におまえらは。おかしいぞ」となおも叫んだ。梓も驚いたのか好奇心に駆られたのか、先に停車した車の後ろに停まった。

男は細身だったし、姿勢と声は若々しいとはいえ、顔に刻まれた皺は深かった。よく聞くと舌がもつれ気味で、相当にきこし召しているのもわかった。ただの酔っ払いと判断して安心したのか、女たちの何人かはにやにや笑いを浮かべ何ごとか囁き交わし始めた。それが気に喰わなかったらしく、男は「笑ってるな。笑っていられるのは今のうちだけだ。おまえらは知らないだろうがよ」とさらに声を張り上げた。通行人が足を止めた。

頭に血が上り過ぎて老人の脳の血管が切れやしないかとフサが心配した時、〈天狼〉から朱尾と従業員が一人出て来た。一瞬女たちの眼が朱尾と従業員に集まった。頭が小さく均整のとれた体形の従業員は女たちを庇《かば》うように立ち、朱尾は慇懃《いんぎん》な態度で男の前に進むと何か話しかけた。朱尾に向かって「何でおまえの店の前にこんなに女が集まってるんだ」「女集めて何やってんだ」などと非難の声を上げた男だったが、朱尾が眼を見つめて相手を続けるうちにだんだん声のトーンを落として行った。やがて口をつぐんだ男がふらふらと立ち去る頃には、朱尾とともに出て来た従業員はにこやかに近くの女たちと会話をしていた。

安全を確認するようにあたりを見回した朱尾が、梓とフサの車に気づいて近づいて来た。梓は窓を下ろした。従業員に店内に戻るよう手で合図をしてから窓に体をかがめた朱尾は、ニュース番組で梅の開花を伝えるレポーターに似た口調で言った。

「木《こ》の芽時にはいろんなことが起こりますね」

「木の芽時じゃなくて、ここいらの風紀が原因なんじゃないですか？」

梓の身も蓋もない言い方を、朱尾は神妙な表情で受け止めた。

「確かに。こんなことになるとは思っていなかったのですが。ご心配おかけして申しわけありません」

「朱尾さんが謝る必要はありませんよ。ホテル周辺の環境を整えるのは兄の仕事ですから」

朱尾は軽く頭を下げ、運転席越しに助手席のフサを覗くと尋ねた。

「これからお出かけですか？　それともお帰りに？」

「帰ります」

「よろしかったら今晩わたしのカクテルをお召し上がりになりませんか？　こちらの店ではなく、前の店で。帰りはフサと車をわたしに預けてタクシーでお帰りになるか、居室の方で仮眠をとられるといいですから。こちらの店は若い者にまかせて、わたしもすぐに出ます」

梓は相談するようにフサを振り返った。朱尾がどういう計画を立てているのか知らなかったけれど、梓の気晴らしにはなるだろうと思ったので、フサは朱尾に眼を向けて嬉しそうに尻尾を振って見せた。朱尾とうなずき合うと、梓は車を発進させた。


朱尾はバーではなく居室の方に梓を誘った。岩塩で作ったアロマ・ランプをつけ、野生動物の生態の記録ビデオをテレビ画面に無音で流し、インターネット・ラジオをヒップホップのチャンネルに合わせ、梓のための〈犬の蜜〉と自分用の〈犬〉とフサのための水を盆に載せて運んで来る。梓の顔に久々に微笑みが浮かんだ。

「床にすわって飲んでるせいか、大学時代の飲み会を思い出しました」

「梓さんは飲み会には参加しないタイプかと思っていましたよ」

「いいえ、今でこそ暗いですけど、昔はちゃんと学生らしいこともしてたんですよ」梓は機嫌よく笑った。「飲んでは馬鹿な話ばっかりして」

「馬鹿な話というのはどんな？」

「『ダンチョネ節』ってあるでしょう？」

朱尾は記憶を探るように首を傾けた。

「『おれが死んだら三途《さんず》の川で』っていうのでしたっけ？」

「そう、『鬼を集めて相撲《すもう》とる　ダンチョネ』と続く歌です。これを、自分だったら三途の川で何をしたいか考えて替歌にして、順番に発表して行くんです。だいたいみんなふざけたことしか言わないんですけどね。『鬼をだまして生き返る』とか『橋を作って大儲け』とか。気持ち悪いのでは『生首集めてバーベキュー』なんていうのもありました。『ガキを手伝い石を積む』っていうのには、ちょっとほのぼのしたかな」

「梓さんの替歌は？」

「わたしのはつまらないんですよ。『犬を集めて駆け回る』ですから」

「いいと思いますよ、素直な作風で」

梓の隣でクッションに蹲っているフサには、話が盛り上がるほどに梓の体温が上昇して行くのが感じられた。楽しいと体も温まるんだろうか、とフサは考えた。人間だった頃には、飲んで人とたわいもない話をするなんて平凡でちっぽけな楽しみでしかないと思っていたけれど、もしかすると決して小さい楽しみではなくて、生きて行く上で必須《ひっす》の基本的な心の栄養源なのかも知れない。梓にもっとたくさん友達がいたらよかったのに……。

新しいカクテルを作って来た朱尾は、腰を下ろすと話の続きを始めた。

「『ダンチョネ』の『ダンチョ』は『断腸の思い』の『断腸』だそうですね」

「そういう説が有力らしいですね」梓は差し出されたカクテルを口にした。「これは〈犬の蕾《つぼみ》〉でしたっけ？」

「ご名答です。断腸って故事に由来することばですよね？　確か、子供をなくした母猿の腸が悲しみのあまり裂けたっていう」

「そうです。授業で習いました」

梓の声が心なしか翳《かげ》った。朱尾は梓に合わせて声音を変えた。

「わたしは心が歪んでいるせいか、そういう話を聞くと感動する一方で、母親の子に対する執着に恐れをなしてしまいます」

梓は朱尾に引きずられたように、自分の屈託を口にした。

「母親に執着される子供の気持ちってどんなものなんでしょう？　わたしにはわからないんです」

朱尾は答えなかった。梓はテレビに眼を向けた。おりしも画面には、仔狼が餌をねだって親狼の口をしきりに舐める場面が映っていた。梓は言った。

「わたしも犬になりたいです」

フサはさっと梓を見上げた。梓が犬になりたいと望むことがあるとは、たった今まで考えたことがなかったのではっとしたのだが、梓は冗談半分だということを示すように薄く笑っていた。朱尾はおっとりと尋ねた。

「犬になってどうするんですか？」

「そうですね。フサと一緒に、野犬狩りに遭《あ》わないような山奥にでも住みますか」

「フサは牡ですけど夫婦になるんですか？」

フサは今度は朱尾を見た。梓が牝犬になってフサと夫婦になるということも、全く想像したことがなかった。

「そこまでは考えてませんでした」

梓は苦笑した。フサは朱尾に「そんなこと考えるのは朱尾さんくらいよ」と声なきことばを送った。しかし、梓は質問を真剣に受け止めたらしかった。

「考えてみましたけど……あんまりピンと来ませんね。今こんなに可愛がってる対象と、いきなり性的なものも含めて相対するなんて。融通《ゆうずう》がきかないのかも知れないけど、今のフサとの関係は変えられないような気がします。うまく言えませんけど、フサと夫婦になるのはまるで近親姦のような……」

フサは「近親姦」ということばにぎくりとしたのだけれど、一心に考えをまとめようとしている梓は、このことばから特に自分の問題を思い出すということもない様子だった。

「何なんでしょうね、犬と飼主の関係って。友達のようでもあり、きょうだいのようでもあり、親子のようでもあるけれど、人間同士とは何かが決定的に違う。種が違うんだからあたりまえといえばあたりまえですけど。でも、種が違うから隔《へだ》てられてるという気はしないんです。むしろ種の違いがうまく作用して、強く惹き合い結びついていると思う。奇跡のように相性のいい組み合わせですよね、犬と人間って。……すみません、話が逸れましたね」

朱尾は優しげな表情で梓を見返すと、「そういえば、可愛らしいコンピューター・グラフィックのDVDがあった」と言って腰を浮かせた。朱尾がパソコン机の上から取り上げたのは、商品パッケージに入った物ではなくDVD－Rだった。それをDVDプレイヤーにセットしインターネット・ラジオの音を止めると、朱尾は空のグラスを取って店へと消えた。梓とフサはテレビ画面に注目した。

始まったのはかなり写実的なアニメーションだった。ヨーロッパふうの街の、着飾った男女の集まるホールの前に、人間の男ではなく犬を伴った若い女がタクシーから降り立つ。その犬がフサとそっくりな白黒の雑種だった。犬と一緒にホールに入ろうとして係員に入場を止められた女だが、小競《こぜ》り合いの末、犬を抱いたまま強引に入って行く。中では舞踏会が始まっていて、パティ・ペイジの「ワン・ワン・ワルツ」で紳士淑女が踊っている。壁際に立った女の腕の中で犬が曲に合わせてワンワンと鳴き、周囲の人々を微笑ませる。紳士の一人が女を踊りに誘うが、女は踊ろうとしない。

楽団の演奏がタンゴに変わった時、異変が起こる。犬が突然後肢だけで立ち、身の丈も女と同じくらいにまで伸びる。驚く人々を尻目に、女は悠然と犬と手を取り合って踊り出す。女と犬は衆人の見つめる中、ホールをめぐるだけではおさまらず、空中に浮かび上がって天井近くでも踊り続ける。タンゴの演奏が最高潮に達した時、女と犬は天井の中央の大きなシャンデリアに激突する。無数の破片が飛び散り人々は一斉に飛びのき体を縮めるが、音がやんで起き直って見ると、シャンデリアは元のままぶら下がっている。女と犬の姿はどこにも見当たらず、シャンデリアの真下の床に首輪とネックレスが一つずつ落ちているばかり――。

「いかがでしたか？」

気づかないうちに戻って来ていた朱尾が声をかけた。

「素敵です。何だか泣けて来ます」

そう答えた梓の眼にはほんとうに涙が浮かんでいるように見えた。


梓は「ダンチョネ節」が癖になったらしく、家事をする時、工房から母屋に移動する時、しばしば口ずさんだ。ことばの創作欲はないようで、歌われるのは朱尾の所で披露した「わたしが死んだら三途の川で犬を集めて駆け回る」という歌詞ばかりだった。何度も聞いているうちに伝染して、フサも頭の中で「ダンチョネ節」を歌うようになった。自分流の替歌を考えたけれど、三途の川でやりたいことは特になかったので、「おれが死ぬ時ハンカチ振って友よあの娘よさようなら」の部分を「わたしが死ぬ時尻尾を振って」にしてみた。歌ってみると不思議に気持ちが鎮《しず》まった。

梓は家の鍵を替えた。古い鍵は庭の隅に埋められた。彬が合鍵を使って梓の家に入ることはできなくなった。埋め終わった梓はさばさばした表情をしていたが、フサはその後何度か、夜訪ねて来た彬があかない玄関の扉をがたがた鳴らし「あけろ!」とどなって扉を蹴破る夢を見て、脂汗をかく思いで眼を覚ました。梓もまた寝ている時に体を震わせたかと思うと急に首をもたげ、寝室の扉をじっと見つめることがあったのは、同じような夢を見たせいなのか。

鍵を替えてからしばらくすると、梓は大きな赤いスーツケースを買った。ついに天谷未澄のいるバルセロナに移る決心をしたかとフサは期待したのだけれども、その日梓が未澄に送ったメールには「スーツケースを買っておくと、その気になればいつでも出発できると思えるからいいね」ということばしかなくて落胆させられた。しかし、翌日未澄から「パスポートある？　パスポートも取っておけば、ますます身軽な気分になれると思う」と返事が来ると、ほどなくパスポートの申請に出かけた。パスポートだけを入れたスーツケースはリビング・ダイニング・ルームの片隅に縁起物のように置かれた。

梓が一応の平静さを取り戻し、涙ぐむことも夜街に出かけることもなくなった頃、そのニュースは新聞に載った。朝食中新聞を読んでいた梓は、不意に立ち上がり新聞を持ったままロー・テーブルの所へ行くと、ノート・パソコンを起動した。いつになくあわてた動きが気にかかったフサは、梓の隣に寄り添った。梓がニュース・サイトを閲覧している間にテーブルの上の新聞に眼を走らせれば、「路上で女性殴られる」という見出しの小さな記事が見つかった。

二十日午後八時頃、〈ホテル乾〉前の路上で、二十歳の女性が話しかけて来た男に突き飛ばされ、全治一週間の怪我《けが》を負った。傷害罪の現行犯で逮捕された男（六十五歳）は「夜な夜ないかがわしい目的で道端にたむろする若い女が不快だった」と犯行の動機を語っている……。ざっとそういう内容の記事だった。この間どなり散らしていたあの男か、とフサは思った。梓は次々といくつものニュース・サイトを訪れたが、こんな小さな事件を掲載しているのは結局テーブルの上の地方新聞が主宰するサイトだけで、そこに新聞に書かれている以上の情報はなかった。

いったんトラック・パッドから手を離した梓だったが、次にトラック・パッドに手を置いてしたのは、ブックマークの一覧から『兄来たりなば』を選ぶ作業だった。が、画面に日記本文が表示される前に、我に返ったように梓はブラウザを終了させた。頭の中に浮かんでいるものを睨むような厳しい眼つきでノート・パソコンを閉じると、梓は工房へ向かった。午後になると電話が鳴った。この時も梓は受話器を取ろうとはしなかった。

それから三、四日後、携帯電話の呼び出し音に梓が応えたのは、かけて来たのが朱尾だったからだった。

「お耳に入れておきたいのですが、テレビ局の取材がありました」朱尾が伝えた。「この間の事件に関連するものです。県下の若い娘の品行の低下がメイン・テーマらしい。

おそらく数日以内に夕方のローカル・ニュースで放映されるでしょう」

「どの程度の取材でしたか？」梓はさすがに不安げな声を出した。「朱尾さんや兄の談話も取ったんですか？」

「わたしではなく、うちの従業員の一人がインタビューを受けました。彬さんの話を聞きに行ったかどうかはわかりません。〈ホテル乾〉に責任を求めるような口ぶりはいっさいありませんでしたから、支配人の所までは行かなかったかも知れない」

実際に見てみると、ニュース番組の中でそのトピックの放映時間は十分にも満たなかったが、先だっての傷害事件の説明に始まり、〈天狼〉の前の舗道が市内一の「ナンパ・スポット」とされることを、男女の交渉の模様の隠し撮りふう映像を交じえて紹介するなど、危険で退廃的な雰囲気を強調するつくりになっていた。たむろする娘たちの一人の声も紹介していたけれど、「ナンパ待ちっていうより、友達に会いにここに来る」という地味な内容だったのは、刺戟的なことばをうまく惹き出せなかったのだろう。〈天狼〉の従業員も顔にはモザイク、声も変えられて登場し、「ぼくらはお客さんとも外にいる女の子とも個人的なつき合いはしません。せっかくこの辺に集まるのなら、ホテルで月に一回やっているカルチャー・イベントを観て行ってほしい」などと〈ホテル乾〉の宣伝まで織り込んだ優等生的発言をしたが、朱尾がそう言うようにと指示したのに違いない。おそらく、今回の報道を彬がそう深刻に捉えることのないように図《はか》ったのだ。

そうしたことよりもフサが眼を瞠《みは》ったのは、〈ホテル乾〉の外観の印象の変わりようだった。去年の秋にリニューアルして外壁なども修繕し明るい感じになっていたはずなのに、テレビ画面を通すと、すすけて洒落っ気も華やかさもなく、うらぶれて重い空気が漂い、客筋も悪くなった二流三流のホテルにしか見えなかった。テレビ局が意図的にそういうふうに撮ったのだろうか。いずれにせよ、この番組で〈ホテル乾〉を知った者、とりわけ若い女性が泊まったりレストランを利用したりしたがることはあまりないように思われた。

「連れ込み宿か、ひそかに賭場《とば》を開いてるホテルみたいだった」

フサのことばに朱尾はうなずいた。

「いい雰囲気になって来ただろう？　彬はまだ変化に気づいていないけれど。文化発信とやらに夢中だからな。今月の脳科学者の講演もなかなか盛況だったよ」

梓が制作も手につかないほど苦しんでいる間にも、彬は平然と仕事をこなしていたのだと知ると、フサは彬の不幸を祈らずにはいられなかった。

梓は〈ホテル乾〉関連のニュースを見聞きするたびに、顔つきが堅く絞られ冷たく磨き上げられて行くようだった。断じて心を動かされはしないと言いたげな態度がフサには嬉しかった。また梓が、普段はあまり開かない納戸や二階の押し入れの中を覗き込んだり、工房の倉庫へ行き保管してある作品を時間をかけて見て回ったり、貯金通帳やファイルを開いて考えに耽《ふけ》ったりしているところを見ると、梓の胸の裡《うち》では確実に新しいものが芽ばえてさわさわとうごめき立っているのだと思えた。

早く。スーツケースに眼をやる梓に、フサは毎晩心の中で呼びかけた。出発しよう、早く。どこへでもいいから。フサの胸もずっとざわついていたのだけれど、それは出発への希望がふくらんでいるせいだけではなくて、何かが起こりそうで起こらない状況がもたらす緊張と不安のせいでもあった。何か起こるのを待ってるだけでくたびれる、だからとっとと逃げ出そう、とフサは梓に通じぬ念を送り続けた。

狗児市内で起こった未成年買春事件のニュースが、新聞・テレビの地方枠でセンセーショナルに伝えられたのは、それから二週間ほどたってからだった。高校に入学したばかりの十五歳の少女が交渉の後男性の取った部屋に入るが、思いがけず異常なことをされて廊下に飛び出した。騒ぎになったために明るみに出たらしかった。男性を逮捕してみると別の市からやって来た中学教師だったことで、事件はよりいっそう注目を集めた。ニュースに現場となったホテルの名前は出なかったけれども、テレビ画面に映った建物は間違いなく〈ホテル乾〉だった。

フサは朱尾に尋ねた。

「捕まった男はどうしてラブ・ホテルじゃなくて〈ホテル乾〉を使ったの？　ラブホの方が安いし目立たないのに」

「さあ。女がシティ・ホテルがいいと言ったんじゃないか。男の方も〈ホテル乾〉の前で女を拾ってラブ・ホテルまで移動するのが面倒だったのかも知れないし」

「フロントは十五歳の子を通しちゃだめじゃない。どうなってるの？」

「フロントの眼を盗んで客室に上がることはいくらでもできるだろう。どうしたんだ？　義憤でも感じてるのか？　〈ホテル乾〉に悪評がたって彬が困るのは願ってもないことじゃないのか？」

「未成年買春は気分が悪い」

「未成年買春はどこでだって起こっているぞ。〈ホテル乾〉で起こったからといって嘆くな」

「理屈で言えばその通りだけど……」

「何だ？　わたしには心がないと言いたいのか？」

フサの言いそうなことを先取りした朱尾の冷笑的な態度に、フサも不機嫌が募《つの》った。

「朱尾さんが人の魂を収集している理由がわかったような気がする」

「ほう。それは？」

「自分の魂を使うのが怖いから、人の魂を使って楽しむんでしょ？　人の喜怒哀楽が朱尾さんの薄ぼんやりとした快感になるんでしょ？　だから人を弄《もてあそ》んでいろんな感情を惹き出そうとするんでしょ？」

朱尾は一笑に付すだろうとフサは思っていた。ところが朱尾は沈黙したままだった。一瞬生きた気配が完全に消えたようでさえあり、フサの方が驚き動揺して首を伸ばし狼のマスクのガラスの眼を覗き込んだ。朱尾は掌と拳を打ち合わせ紙風船が破裂するような音をたてると、すっと生気を取り戻してことばをよこした。

「面白い。その主題は今後とも追究しろ。ところで、人の魂を理解もしなければ、楽しむ術《すべ》さえ知らない人間もいるんじゃないのか？」

朱尾がほのめかしているのは彬以外考えられない。梓はかかって来た電話に久しぶりに出た。彬の粘りつく声が訴え始めた。

「参ったよ。うちのホテルはすっかり悪所扱いだ。警察にはホテルぐるみで管理売春めいたことをやってるんじゃないかみたいな疑いの眼で見られるし。冗談じゃねえよ。何でうちであんなことが起きるんだ。ガキ狙いのやつがわざわざ市外からやりに来るんだからな。おかげで青少年課やらが出て来て環境浄化をとか何とか責めたてられてさ。知ったことかよ。未成年の不始末を人のせいにするなよ。ガキをよきに導くのはおまえらの仕事だろって」

彬は今ほんとうに弱っているらしく、声の響きには切々としたところがあったが、品がないのはいつもと同じだった。梓は顔を蠟で固めたかのような無表情で、彬の嘆き節を聞いていた。

「あの女子高校生もな、売りをやるんなら多少倒錯的な行為くらい覚悟しとけよ。迷惑なんだよ、廊下に飛び出して騒がれちゃ。ああ、でも最悪なのはあの変態野郎か」彬の声にやや余裕が表われた。「十五の女とやりたがる男なんて最低だぜ」

梓が唾を飲み喉元がひくっと波打った。フサも呆れた。中学三年生の梓と無理矢理性交をした彬に非難する資格はないだろう。彬はなおも一人喋り続ける。

「あいつ、中学の先生だっていうから恐ろしいよな。普段女の生徒をどんな眼で見てるんだ。おまえが中学の時、妙な眼で見て来る男の教師いたか？」

梓は無言で携帯電話を耳から離し、通話を切るボタンを押した。

朱尾は事件への対処として「通行人の迷惑になりますので、この近辺に長時間立ち止まったり騒いだりしないでください」と記したパネルを〈天狼〉の外壁に掛けたと言った。梓が街中に出かけた日の帰り道、フサが車の窓から見ると白っぽいパネルのような物が扉近くの壁に掲《かか》げられているのが確かめられた。まだ昼間だったので付近に若い女はいなかったけれど、何人かの通行人が好奇心ありげに、あるいは気味悪そうにパネルを横眼で見ながら歩いていた。テレビ画面で見た時ほどではないにせよ、〈ホテル乾〉の建物をどんよりとした空気と酸味のあるいやな匂いが取り巻いているような感じがあった。

〈天狼〉を通り過ぎてすぐ、〈ホテル乾〉の駐車場から見憶えのあるピンクの車が出て来たものだから、フサはぞくっとした。梓はかすかに肩を怒らせ、一時停止しているピンクの車の前を目礼もせず通過した。梓の車が前を横切るのを凝視していた母親の方は、追って来てクラクションを鳴らした。梓は無視してアクセルを踏み先行車を追い越した。それでも母親は喰らいついて来て、フサが運転席と助手席の隙間から覗くたびに真後ろにいるのだった。梓は自宅へ向かう道からはずれ郊外まで走り続け、とうとう隣の市まであと二キロの地点にまで達した。恐る恐る振り返ると、母親はやっと諦めピンクの車をUターンさせているところだった。梓は角を曲がると車を路肩《ろかた》に停め、ハンドルにもたれてしばらく休んだ。

梓が母親から逃げたことをフサは心の中で褒めたけれども、いつまでも逃げ続け関係を曖昧にしておくわけには行かないこともわかっていた。次に電話が鳴ったら梓はきっと出るだろう。そう予想していたのだが、母親は電話ではなく電報を打ってよこした。「玉石《たまいし》さん、電報です」と大声で呼ばわる配達員から受け取った電報を、梓は読んだ後ロー・テーブルにばさりと置いた。開いたかたちで伏せられたので、フサは梓が見ていない時にロー・テーブルの下に頭を差し入れ、ガラスの天板越しに文面を読んだ。今どき珍しいかな電報で「コンヤカゾクカイギ。カナラズサンカヲ。」とあった。

夕食をすませ外出の支度をする梓の口元には時々微笑めいたものが浮かび、母親や彬と対面することへの覚悟はついていると見えた。しかしフサはやはり心配で、リビング・ダイニング・ルームを出る直前、元気づけるつもりで梓の脚に体をすりつけた。梓は足を止めてフサの首筋を撫でた。指先を深く差し入れてじっくりとフサの毛をとかすのは、溜まった感情を発散し緊張をやわらげるためだろうか、と考えていると梓はかがめていた背を伸ばし、フサを従えしっかりした足どりで廊下に踏み出し玄関へと向かった。

いつもの和室で梓を迎えた母親は、気まずさを押し隠したような中途半端な表情で「来たわね」と言った。彬は夕食の最中で、座卓の上にはちらし寿司と汁椀のほか、二、三の小鉢が並んでいた。「あんたも食べる？」と尋ねた母親に梓は首を横に振り、彬の向かいに腰を下ろしてから言った。

「電報打って来るなんて」

「だって、あんた電話かけても出ないじゃないの」母親はすねたふうな甘ったるい声を出した。「メールはいつ見るかわからないし。電報打つしかないでしょ」

「まあね」

淡々と答えた梓の顔にちらちらと視線をやりながら、母親は湯呑みにお茶をそそいで梓の前に置いた。「ありがとう」ということばも梓は淡々とした調子で口にした。彬は眼を上げず黙々と食べていた。しらじらとした空気を破って、梓が尋ねた。

「で、今夜の議題は何？」

「決まってるじゃない。うちのホテルの評判が落ちてることについてよ」母親の声が高くなったのは、梓の事務的で冷たい問いかけが気に障《さわ》ったからだろうか。「言っとくけど、一応あんただって役員なんだからね。いつもいつも知らん顔はしていられないわよ。

知恵を出す義務があるのよ」

「うん、わかってる」梓はやわらかく応じた。「役員である限り、果たすべき義務がある。これまではお父さんにも兄さんにも意見なんて求められなかったけどね」

「あんた、最近ふてぶてしくて可愛くないわ」

梓の後ろに控えていたフサが、さりげなく前に進んで梓の隣についたのは、気持ちだけでも梓を援護《えんご》したいと思ったからだった。梓はフサの動きを気に留めなかったようだったけれども、母親はうっとうしげな顔をした。全く親らしい包容力のない人だと思いながらフサが見返すと、母親はいきなりフサに向かって眼をかっと見開き、口の両端を引き下げて敵を威嚇《いかく》する類人猿のように下の歯を剝《む》き出しにした。子供じみた行動にフサは調子が狂い、梓は半笑いで「犬相手に何してるのよ」と言った。母親は不機嫌な大人の顔に戻った。

「さっそく本題に入るけどね、開業以来のピンチなのよ。知ってるでしょ？　あの事件。まあどうしてよりによってうちのホテルであんな俗っぽいことが起こるんだか。うちほど異常性愛者や身持ちの悪い不良娘に縁のない家系はないのに。玉石家を陥れようとする陰謀が働いてるんじゃないかとまで思ったわよ」

「陰謀なんて誰が？」梓は笑った。

「あら、たとえばよそのホテルとかが謀《はかりごと》をしないとも限らないじゃない？　世の中なめてると一杯喰わされるわよ。とにかくね、あれ以来〈ホテル乾〉は連れ込み宿だとか、風紀紊乱《びんらん》の拠点みたいにいわれてるのよ。そんなイメージを取り払わないことには、創業者のお祖父さまに申しわけないし、せっかく文化事業部門を立ち上げたお兄ちゃんの努力も水の泡になるでしょ？　何とかしなくっちゃ」

「地道に続けて行くしかないんじゃない？　宿泊者カードに記入されていない人の入室を固く断わる、入室者をフロントが眼を光らせてチェックする、バーの前に溜まる女の子たちを、人手をさいてでも小まめに散らせるって具合に」

梓の話し方がこれまでになく面倒臭そうで投げやりに聞こえたのはフサばかりではなかったようで、小刻みにうなずいた母親も眉間《みけん》のあたりに不満を滲ませていた。

「そう。そうなんだけどね。それは誰もがすぐに思いつく案よね。何ていうの？　もっと積極的に打って出る案がほしいわね」

「じゃあキャンペーンでも張る？　ローカル・コマーシャルでも使って、〈ホテル乾〉は安全で清潔ですって」

「口で言うのは簡単だけど、垢抜けたコマーシャルが作れるかしらねえ」

「兄さんがいい台本書くんじゃない？　素晴らしいコマーシャルを提供するのも文化事

業の一つだし」

「そう何でもお兄ちゃんに押しつけちゃ……」

梓がむっとした様子で口をつぐむと、母親も片意地を張るように黙り込んだ。そこでようやく彬が口を開いた。

「台本を書く気はあるよ。そこらの業者にまかせっきりにするより、おれが書いた方が早いし」それから彬は梓に向かって熱の籠もった声で言った。「おまえな、おふくろの気持ちも察してやれよ。おふくろはホテルについての会議を開くという口実で、おまえに会いたかったんだからさ」

「梓は電話に出ないし、母親は娘の視線を逃がれて顔をそむけたが、少し間を置いて言った。

「梓は電話に出ないし、街で会ったら逃げるし。つらいじゃないの」

フサが体をつけている梓の腕からは何の動揺も伝わって来なかった。彬は梓の反応のなさに気づいているのかいないのか、今度は憂鬱そうな声で話し始めた。

「それはそれとして、ホテルの件じゃおれもずっと頭が痛いんだ。一ついやな事件が起きると、いろんな噂が立つもんだな。おまえの耳には入ってないかも知れないけど、〈ホテル乾〉の一室に少女が監禁されてるとか、違法ビデオの撮影に使われてるとか、人身売買の会場になってるとか、むちゃくちゃなことが囁かれてるらしい。おふくろじゃないけど、謀略説を唱えたくもなるよ」

彬がことばを切ると、梓は体をぴくりとも動かさず言った。

「支配人が妹を性虐待してるっていう噂も立ってるみたいよ」

一斉に起こったのが衣擦れの音だったのか、息を呑む音だったのか、フサも心臓が縮み上がるほど驚いたので聞き分けられなかった。身じろぎ一つしなかった梓だったけれども、脈拍が速くなっているのは感じ取れた。ほんとうに梓が言ったような噂があるのかどうかフサは知らない。はったりかも知れない。ともかく、梓は兄に、また玉石家に闘いを挑んでいるのだった。

「どこでそんなことが言われてる？」

彬は冷静を装っていたが、喉元がすぼまって声がおかしかった。

「どこでか知らないわ。インターネット上でそういう書き込みを見た人がいるんだって」

「たちの悪いのがいるな。訴訟ものだな」彬の声はだんだん高くなって行く。

「裁判やっても勝てないと思う」梓はフサの首に手をまわした。「噂の出所は兄さん自身が書いたブログだもの」

「何言ってんだ、おまえは」

彬の上ずった声が母親のきんきん響く高い声によく似ていることに、フサは気がついた。

「しつこいぞ。あれはおまえが書いてるんじゃないか」

「猿芝居はいいかげんにして。兄さんの妄想が通用するのは兄さんの頭の中だけよ」

「二人とも何の話をしてるの？」

おろおろと割り込んだ母親に答えたのは、梓だった。

「お母さんの息子はね、インターネット上で、中学生の頃から実の兄に性虐待を受けている女性になりすまして日記を書いてるのよ。わたしたち兄妹とすごく境遇が似てる設定でね」

「嘘だぞ」彬は言下《げんか》に否定した。「梓が自分のファンタジーを延々と書き連ねてるんだよ。おれが書いたことだって言い張るのは見つかって恥ずかしいからだろ？　それか、情緒不安定がひどくなって被害妄想に取り憑《つ》かれてるのか？　医者に診《み》てもらった方がいいな」

「よくそんなことが言えるね。兄さんこそ二十年前に診てもらってればよかったのよ」

彬の眼がつり上がった。

「あいにくおれは今までいっぺんも精神科医なんか必要としたことはないんだ」

「落ちつきなさい、あんたたち」

母親は精いっぱいの威厳を示して仲裁《ちゅうさい》にかかったが、声音は不安げで安定していなかった。それでも兄妹は束《つか》の間唇を結んだ。母親は懸命にことばを繋ぐ。

「何なのよ、性虐待とか。身の毛もよだつわ。そんな誰が書いてるやら知れない無責任な日記にあんたたちが振り回される理由はないでしょう？」

「そういうことだな」彬もうなずいた。

梓は黙ってフサの背中を撫で下ろした。フサが見上げると、赤い顔をした梓と眼が合った。フサを見返した眼は悲しそうだったけれど、顔を上げて出した声は力強かった。

「理由はあるのよ。わたしが兄さんに性虐待を受けてたのはほんとうだから」

とうとう言った。フサの胸は鋭く痛んだ。しかし、痛みに気をとられている暇はなかった。すぐに彬の声が響き渡ったからだった。

「おい、気は確かか？　やめてくれよ、妄想と現実を取り違えるのは」それから彬は母親の方を向く。「ファンタジーにどっぷり浸ってると、偽の記憶ができてしまうことがあるんだよ」

相槌を打つ余裕もなく真青な顔をしている母親に、梓も言う。

「変だと思わなかった？　中学校に上がってからわたしは塞ぎがちになったでしょう？

兄さんと二人きりになりたがらなくなったし。急に部屋に鍵をつけたりもしたよね？　すぐに兄さんに壊されたけど。憶えてない？　お母さん、わたしに『あんたは暗いから一緒にいても楽しくないわ』って言ったのよ。それもこれもすべて理由は一つなのよ」

「待って」母親の口元が震えた。「ちょっと待ってよ。そんなこと急に言われて、あたしはどうすればいいのよ」

「まずはその日記を読んでみたら？」

梓が言うと、母親はよろよろと腰を上げた。母親について梓も廊下に出る。フサもつき従う。厳しい顔で腕を組んでいた彬も立ち上がり、三人でコンピューターのある寝室に入った。机の端に置かれたデスクトップ型パソコンの前の椅子に母親をすわらせ、梓がマウスを操作した。彬はダブル・ベッドに腰かけて眼を閉じていた。母親は梓が表示させた画面をじっくり読んで行った。読み終えると母親は椅子を半回転させて、兄妹二人とも視界に入れる体勢をとった。

「信じられないわ。もしほんとうだとしたら、知らずに死んで行きたかったわ」

こんな時にも梓の気持ちになるでもなく自分の気持ちを優先するのか、とフサは歯ぎしりし、母親の眼が涙で潤んでいるのにも同情心は湧かなかった。

「で、これはどっちが書いてるの？　わからないわ」

梓は溜息をついて机の端にもたれ、答えなかった。顔を上げた彬が言った。

「おふくろじゃないか？」

母親は彬の科白の意味を測りかねたように彬の表情を探った。彬は眼を奇妙に輝かせた赤鬼のような顔で続けた。

「それを書いてるのはおふくろじゃないかって言ってんだよ。そうも考えられるじゃないか」

「どうしてあたしが？　何のためにこんなおぞましい文章を書くの？」

「おふくろは、おれと梓がプロデューサーとアーティストっていう強い絆で結びついてるのに嫉妬して、妄想の中でおれと梓の関係を俗悪なものに貶《おとし》めて嫉妬心を慰めてた。そうじゃないか？」

「意味がわからないわ」母親は泣き出しそうな声を上げた。

「兄さん」梓が声をかけた。「その筋書きは無理があり過ぎるわよ。お母さんはそのブログにログインできないわよ」

それに、今問題になっているのはブログを誰が書いているかということよりも、兄妹の間で性虐待が行なわれていたということじゃないの、とフサも口を出せるなら出したかったが、彬は自分が今作った新たな筋書きしか眼中にないらしかった。

「ログインできるさ。なあ？」

彬は立ち上がって母親の椅子を回し元通りパソコンに向かい合わせると、自分でマウスを動かした。

「ユーザーIDは何だっけ？　前、おれがつけてやったやつにしたんだろ？　これだったかな？」

彬は十一回キーを叩いた。

「次はパスワードだ。これはおれは知らないから、自分で入れなよ」

「何を考えてるの？」母親は膝の上で両手を握り締めていた。「あたしをいじめてるの？」

「いじめてなんかいないよ。責めるつもりもない。ただ、事実をはっきりさせたいだけだ。安心して入力してくれ。さあ、早く。膝から手を上げろよ」

母親はぶるぶる震える手をキーボードの上にかざした。梓は呆然と母親と兄を見ていた。

「どうした？　最近更新してないから忘れたのか？　おふくろはそれほど複雑なパスワードにはしないよな。簡単にローマ字の小文字で akira とか azusa にしてるんじゃないのかな。二人の名前を合成するっていう手もあるな。akirazusa なんて語呂もいいし、パスワードっぽいな」

彬は手の甲で母親の手を押し、入力を促《うなが》した。母親は弱り果てた眼で彬を見上げた。

彬はじれったげに母親の手をつかみ、キーボードに押しつけた。

「おふくろが素直に入力すりゃ終わるんだ。それくらいのこともできないのか？　これまでの人生、さんざん好き勝手やって来たくせに。おれたち子供のことも思い通りにしただろう？　おかげでおれも梓も人づき合いすらまともにできないおかしな人間に育ったよ。償《つぐな》え」

母親の眼から涙が噴き出した。梓は顔をしかめた。

「パスワードは何だ？　akirazusaでいいのか？　あんまりいらつかせるなよ。エーケーアイアールエーゼットユーエスエーだ」

母親の肩が動き、キーを打つ音が九回起こった。画面が明滅《めいめつ》して切り替わったのが、フサにもわかった。母親は絞り出すような声を上げて椅子から飛びのき、ベッドの上に突っ伏した。彬は梓に向かって勝ち誇ったように言った。

「どうだ？　おれじゃなかっただろう？」

梓は右手を大きく振り上げ彬の顔めがけて旋回させたが、彬はその手を簡単に捉えて梓の動きを止めた。

「どうした？　おふくろを泣かせたから怒ってるのか？」

「こんな家、こんな家族にうんざりなのよ」

梓は彬の手を振り払おうとしたが、彬はそれを許さなかった。

「気持ちはわかる。だけどな、おれもおまえもこの家の資産や財力なしには生きて行けないんだよ」

「わたしはいっそ縁を切りたいわ。すべての利益を放棄してもいい」

梓と彬がなおも揉み合っていると、「うおおおお」というような濁った異様な声が室内に響き渡った。見ると、ベッドの上の母親がナイト・ガウンの帯を首に巻きつけ、自分で両端を引いて絞めていた。

「何やってんだよ」

彬は苦笑して母親のそばへ行った。梓はフサを促すと寝室の出入口に向かった。彬は母親を残して梓について来た。

和室の畳に置いてあったバッグを取り上げて出て行こうとした梓の前に、彬が立ち塞がった。

「帰るのか？　話はまだ終わってないぞ」

「じゃあ、さっさと終わらせるわ」

梓は彬の顔など見たくもないとばかりにそっぽを向いたまま、早口できびきびと話した。

「わたしはこれからこの家とは関係なく生きて行く。兄さんには二度と会いたくない。だから、ホテルの役員職は解雇して。遺産相続も放棄する。法的なことで連絡の必要があったら、書面か第三者を通してにして。これで終わりよ」

「待てよ。身勝手なやつだな」脇をすり抜けようとする梓を、彬は肩で止めた。「昔は除籍なんてこともできたらしいけどな。家とかかわりなく生きて行くなんて、そうそう簡単なことじゃないんだよ。おまえ、おふくろが死んでも葬式に出ないつもりか？」

「そういうこともあり得るわね」

梓の即答ぶりからは、前もってこうした問答を想定していたことが窺えた。彬もまた待ち受けていたかのように、薄笑いを浮かべて次の科白を口にした。

「兄弟姉妹は相互に扶養義務があるって法律で定められてるのを知ってるか？　おれが病に伏したりしたら、おまえが面倒をみなきゃいけないんだぞ」

「病院もあればヘルパーだって雇えるじゃないの。その時は玉石家の財力を活用させてもらうわよ」

彬は笑いを引っ込めた。

「呆れたぜ。さんざん玉石家を利用しておいて、気分が変わったら捨てて行くのか」

「話は終わったでしょ。どいて」

彬がどかないので、梓は通り抜ける場所を求めて右に左に足を踏み出したのだけれど、彬はそのたびに行く手を阻んだ。いらいらしたフサがもう少しで吠えそうになった時、彬の後ろに見える廊下を母親が早足で通り過ぎた。母親はすぐにまた姿を現わした。右手にフライパンが握られているのが眼に入った。無言で部屋に踏み込んで来た母親は、フライパンをさっと頭上に掲げ、彬の背後で跳び上がると息子の頭に振り下ろした。驚いたフサの喉からワンと声が出た。

「裏切り者。恩知らず。鬼っ子。あたしがどんな思いでお父さんの薄情さを我慢して、あんたたちを育てて来たか知りもしないで」

そんなことをわめきながら母親は、頭をかかえた彬の丸めた背中に続けざまにフライパンを打ちつけた。ナイトガウンの帯がまだ首に巻きついている。泣いたのか首を絞めたせいなのか、両眼とも赤かった。梓はとばっちりを避け、フサの体を引き寄せながら後ろに下がった。彬はようやく体の向きを変えてフライパンをもぎ取った。母親は「こら、返しなさい。お返し」と言いながら彬につかみかかる。「やめろってば」と宥《なだ》めつつ防戦していた彬だったが、「痛っ」という声を上げると母親の胸をどんと突いた。廊下まで吹っ飛んだ母親は尻餅をついた。彬は「馬鹿やろう」と吐き捨てた。母親は「あああ」という嗚咽とも悲鳴ともつかない声とともに、廊下をいざって壁の陰に退場した。

「爪、立てられた」

彬が振り返って血の滲んだ手の甲の傷を示した時、梓は手で眼元を覆っていた。

「ひどい。最悪よ。兄さんのすることは。全部」

「ひどいのはあのばあさんだろ」

「違う」

顔を上げた梓と彬は睨み合った。寝室で母親が「死んだ方がましよぉ」と叫んだけれども、聞こえたのか聞こえなかったのか、梓も彬も眉一つ動かさなかった。

「そんなにおれが憎いのか?」

彬の問に梓はうなずいた。彬は少し笑ってから真顔に戻り、言った。

「だったらおれを殺せ」

梓の気配が険しくなった。

「冗談じゃないわ。何でわたしがわざわざ手を汚さなきゃいけないの?」

「殺しでもしなきゃおれは変わらないぞ。で、ずっとおまえを苦しめる」

〈彬のテーマ〉が始まったことがフサにはわかった。

「おれがこんな自分にうんざりしてないと思うか？　そんなおめでたいアホに見えるか？　おれみたいな変態は死んだ方がいいって何度も考えたよ。でも、自分じゃなかなか死ねないからな。わかるか？　おれだってずっとつらかったんだ」

甘い響きの声がずるずると彬の口から繰り出された。よくもまあその場その場の都合や気分に合わせて次から次へとストーリーをでっち上げるものだ。だけど、もういいかげんに他人には通じないことを認めた方がいい。フサはそう思ったし、梓も冷たい笑いを漏らした。

「兄さんのお芝居につき合ってる暇はないのよ」

「芝居だって？　ためしてみればいいさ。おまえに殺されるならおれは抵抗しないで死ぬ。だけど、おまえがおれを殺さないで生かしておくなら、おれはこれまで通りおまえから離れないぞ。おまえは一生おれのたいせつな妹ってわけだ」

「たいせつな妹」という彬のことばにフサは寒気がしたのだけれど、梓は口元に笑いを残したまま言った。

「殺さなかったら離れない？　南極までも追いかけて来るの？　そんなこと、ほんとうにできる？」

「笑うな！」頰を赤くした彬がどなった。「憎らしくてたまらなくなる」

梓は恐れを抱いたのか、顎を引いて唇を結んだ。ここで一つ彬を威嚇しておこうと思い、フサは低い唸り声を絞り出した。彬は一瞬ぎくりとしたものの、取り繕《つくろ》うようにことさら渋い顔を作ると「いやなやつめ」と誰にともなく呟いた。梓は困り果てた表情でフサを見下ろした。家を出て行きたくてじりじりしているのが伝わって来た。梓一人ならば彬が行く手を塞いでいる玄関方向ではなく、背中側にある庭に面したガラス戸に走って外に飛び出すこともできるだろう。しかしフサがいると、フサがちゃんとついて来られるかどうか確信が持てないので、動きがとれないのだと思われた。

梓が行動しやすいように、まず自分が動いてみるといいのではないか。フサはそう考えて、何気ない風情を装って彬の足元を通り越し部屋の敷居の所まで行ってみた。前肢を廊下に出した時、「フサ」と梓の呼ぶ声がしたので立ち止まった。振り返ると梓は、腿《もも》の側面を叩いて戻って来いという合図をした。自分の意図が通じていないことにフサはがっくりしたが、指示通り戻らない方が状況は変化するだろうと考え、わざと廊下に出て玄関に向かって進んだ。

「フサ！」と梓が声高く呼んだ。廊下の途中でフサは、梓が追って来るかどうか様子を窺った。ちょうど寝室の扉口の前だった。あけ放された扉口から、ベッドの端に腰かけそのまま仰向けに倒れた恰好の母親の下半身が見えた。体を投げ出して悲嘆に暮れているにしては、寝室はしんと静かであり過ぎた。不審を感じたフサは、寝室の中に入って行った。空気の流れが滞《とどこお》っている。小さくワンと鳴いてみても母親の反応はない。ベッドからだらりと垂れた足に鼻先を近づけると生ぬるい体温は感じられたが、靴下を履いた足を前肢でつついてもぴくりとも動かない。一度身震いすると、フサは太い声で吠えた。動揺がそのまま吠え声となって後から後から流れ出すように、吠え続けた。

ばたばたと廊下を駆ける足音がして梓が、次いで彬が寝室に飛び込んで来た。立ち尽くした梓を押しのけて母親の上にかがみ込んだ彬は、「おい、どうしたんだ」と呼びかけながらベッドの上でせわしく腕を動かし、取り上げたナイトガウンの帯を梓に向かって投げた。フサにベッドの上を見ることはできなかったけれども、その帯が母親の首に喰い込んでいたことは察せられた。「勘弁してくれよ」と声を押し出すと、彬は母親を揺すり、叩き、胸のあたりをさすった。母親の垂れた足がぶるぶると震えるように揺れた。

やがて彬はベッドから下り、ナイトガウンの帯を握って立っている梓に、疲れた顔を向けた。

「信じられるか？　自分で自分の首を絞めて死ぬなんてさ」

梓は持っていた帯とバッグをベッドに置くと、母親に近寄って顔を覗き込んだ。その背中に彬は話しかける。

「本気で死ぬつもりじゃなくて、おれたちの気を惹きたかっただけだろう。それなのにうっかりほんとに死んでしまうなんて、間抜けにもほどがあるよな」しだいに口調が酔っ払いのくだめいて行く。「孫子の代にどうやって語り伝えればいいんだ？　重々しく説いて聞かせるなんてできないぞ。話す方も聞く方も笑っちゃうんじゃないか」

梓はベッドに上がり、母親の後ろから腋《わき》の下に手を差し入れて上体を起こすと、彬に「足を」と指示した。彬の手を借りて母親をかかえてきちんと寝かせ直してから、母親の両手を胸に置き、ベッドを下りて今一度母親を見下ろした。梓の隣で彬が尋ねた。

「こういう場合、救急車を呼ぶものか？」

梓はそれには答えず、言った。

「これは兄さんのしたことの中でいちばんひどいわ」

彬は眼《む》を剝いて梓の方に体を捩《ね》じった。

「おれのせいだって言うのか？　そりゃないだろう？　これは自殺、っていうか事故じゃないか」

「自分のやったことをお母さんのしわざにするから」

「違うぞ」彬も懸命に抗弁した。「そんなこと言うなら、もともとはおまえが変なことをおふくろに聞かせたからだろう？　あそこからおかしくなったんだ。よくもまあ世間知らずのおふくろにあんな強烈なことが言えたもんだ」

梓がひるんだのを見て、彬はさらに言い募る。

「すごいよ、おまえは。おれなんかおまえに引きずられただけだからな。その結果がこれだ。まあ、おれたち二人でおふくろを追い詰めたんだけどな。どうだ？　前にも言ったけど、おれたちは一心同体、一蓮托生《いちれんたくしょう》なんだよ」

彬は梓の方へ身をかがめ優しげに語りかけた。

「おふくろを手厚く葬ってやろう。葬式がすんだらこれからのことを考えよう。な」

彬は梓の方に手を伸ばした。その手が梓の肩に触れたか触れないかというところで、梓はさっと身を引くと強い声で言った。

「触らないでって言ってるでしょ」

傷ついたように曇った彬の顔は、不満の表情、怒りの表情と短い時間で移り変わり、最後に上気《じょうき》した好戦的な表情をたたえた。

「普通に触られるのもいやなのか。病気だな」彬は笑っていた。「おれもおまえもどうしたって幸せには生きられないよな。心の病の上に、直接手を下してないとはいえ母親を殺したし。いっそ一緒に死ぬか？」

梓は息を吸うと、逃げ出す準備のように片足をかすかに浮かせた。

「どうしてそう簡単に殺せとか死のうとか言えるの？」

冷静な声でそう言いながら、梓はゆっくりした動作でベッドに置いたバッグを手に取った。彬が素早くその腕をつかんだ。

「さりげなくバッグを取って逃げようとしただろう？　おまえは芝居がへただよ」

彬は梓を引き寄せながら後ろに回り込み、片腕を梓の首に巻きつけた。

「なあ、決着つけようぜ。選択肢は三つにふえたぞ。おまえがおれを殺すか、二人とも死ぬか、でなきゃ二人でずっと一緒に生きて行くか、だ」

彬が本心から死んでもいいと考えているとはフサは思わなかった。梓は彬を殺せないし自分の死も選ばないのを見越して、理不尽な三択の中の「二人一緒に生きて行く」を押しつけようとしているのだ。あるいは、押しつけられなくてもいいのかも知れない。目下の状況で梓を困らせいじめることさえできれば、彬は楽しいのかも知れない。いずれにせよ、フサの頭は怒りで熱くなっていた。フサは梓を捕えている彬に荒々しく吠えついた。すると、彬の足の爪先が眼の前に飛んで来た。フサは横っ飛びによけた。彬の爪先はフサの毛先をかすめ、空中に相当な量の毛が舞った。

梓は呻《うめ》くように言った。

「フサに手を出したら許さないわよ」

「許さない？　どうするつもりなんだ？　いいよ。何でもやれよ」

フサはとりあえず机の下に避難していたが、にやにや笑いながら見下ろした彬の愉快そうな眼を見ると怒りがいや増し、唸り声をたてずにはいられなかった。

「安全な所で虚勢張ってんじゃねえよ」

彬は机の脚をがんと蹴った。別に逃げたわけじゃない、間合いをとってるだけだ、という心の声を込めて、フサは一声吠えた。彬は梓を盾にするようにフサの側に向けた。

「さあ、おまえの主人を助けに来いよ」

そう言って蟹さながらに横向きで部屋の扉口へと梓を引きずって行くのを、フサはただちに追った。彬は廊下に出るとドアをさっと閉めようとしたけれども、閉じ込められてなるものかとフサも飛び出す。彬は舌打ちしたが、もうフサにはかまわなかった。地鳴りのような足音と激しい衣擦れの音をたてながら、もつれそうな四本の人間の足は廊下から台所に入った。フサは二人の全身の動きが見て取れる位置に立ち、彬の次の行動を待った。

彬は片腕は梓の首に巻いたまま、左手でシンクの下の物入れの扉を開き、出刃包丁を抜き出した。テレビ・ドラマの強盗の場面を真似たような彬の行動に、さほどの緊迫感はなかった。むしろ安っぽく滑稽でさえあったけれど、どういうはずみで一大事が起きるかわからないので、彬がゆっくりと梓の顔のそばで包丁を左手から右手に持ち替えるのを、フサは警戒をゆるめず見つめた。彬は梓に言った。

「忠犬に一声かけて安心させてやれ。必死の眼で見てるぞ」

梓は暗い眼つきでフサを見やると、「フサ、大丈夫よ」と声をかけた。精いっぱいの穏やかな声がフサの胸をかきむしり、彬への怒りを倍加させる。怯えているというより は仏頂面《ぶっちょうづら》の梓を、彬は和室へと引っ立てながら一人喋る。

「二階に行けば手錠なんかもあるんだけどな。一階じゃ道具がどこにあるのかわかりゃしない。おまえ知ってるか？　紐の類をどこにしまってるか」不意に彬は声をはずませた。「そうだ、あのナイトガウンの帯でおまえの手を縛るっていうのはどうだ？　おふくろと固く結ばれてるって気になれるだろ？」

満足げに喉を鳴らして笑いながら彬は、和室のいつも自分がすわる場所に行き、邪魔な座椅子を蹴ってどけると床の間と襖の境の柱を背に、梓と一緒にずるずると滑り落ちるように腰を下ろした。梓の背は彬にもたれさせられ、腰は彬の開いた足の間にしっかりと挟まれている。フサは何をすべきか迷いながら二人に近づいて行った。もちろんいざとなったら蹴られようがどうしようが彬に噛みついてやる気なのだけれど、梓に刃物が向けられている間は手出しできない。さしあたっては、自分が味方としてついているということを知らせるのと、少しでも元気づけられればと思って、フサはバッグをつかんでいる梓の手を三度ほど舐めた。

「可愛いやつだよな、全く」彬は上機嫌だった。「あんまり役には立たないけどな」

梓はフサの口元を撫でると、顔を少し後ろにめぐらせて言った。

「こんなことして何になるの？ 意味ないじゃない」

「いいんだよ。今夜が記憶に刻み込まれる一夜になれば」

「もう充分よ」梓ははらはらと涙をこぼした。「お母さんは兄さんのどこが可愛かったのかしら？ あんなにひいきするほどに」

憐れみを抱いたのか彬はふてぶてしい表情を改め、水平にした包丁を梓の胸の前に差し出した。

「取っていいぞ。何度も言うけど、おまえが殺してくれれば助かる」

「いらない」梓は手の甲で涙を拭った。「兄さんを殺したいと思ったことはあるけど、今は殺すなんてできない」

「嬉しいよ、おまえの気持ちは。つまらないけど嬉しい」

何か勘違いした科白を吐くと、彬は包丁を畳に突き立てた。

「包丁はそこだ。いつでも取れる」

彬は両腕を梓の体に回し、意地悪そうに笑った。

「だけど、おまえは放さない」

いつ彬に飛びかかろうか。フサは機を窺っていた。彬みたいな気持ちの悪い人間の肉に歯を立てるなんて、できればやりたくない。噴き出た彬の血が口の中に入って来ることを想像すると、ぞっとする。けれども、一刻も早くこんな茶番から梓を解放してやりたい。フサも限界まで倦《う》んでいた。飽きもせず茶番を続ける彬の持続力に感心するほどだった。彬は包丁を手放した。けれども、包丁は簡単にまた持つことができる位置に刺さっている。包丁のある右側から彬を襲えば、おそらく彬は左側にのけぞるだろうから包丁を取っての防戦や逆襲はしにくいかも知れない。何箇所か嚙んで彬の動きを止め、その隙に梓と逃げ出す。梓がうまくフサの意を汲《く》んでくれればいいのだけれど、いかんせんことばが通じないから……。

そんなことを考えていると、彬が右腕を梓から離した。右腕は斜め前の包丁の方ではなく後ろに動き、床の間に並んだ梓の作品の中の細長い花瓶をつかんだ。薔薇色で口の部分がわずかにすぼまった優美な作品を、彬は梓にも見えるように掲げた。

「いいよな、これ。二回目の個展に出品したやつだったっけ。おまえが陶芸家として脂が乗って来た時期だ。おれがおふくろに、これを買えって勧めたんだよな。おれ、これを見た時、うまくおまえを育てたと思ったよ。おまえもこれ、気に入ってるか？」

「うん」

梓の返事を聞くと、彬はいきなり花瓶を持った腕を勢いよく振った。フサの頭の上を花瓶が唸りを上げて飛んで行き、後ろの壁に激突して割れる音が響いた。もがいた梓を彬は押さえ込んだ。

「おまえは玉石家とは縁を切るって言ったな？　それは玉石家にいた間の自分を否定するってことだよな？　じゃあ、昔作った作品なんかどうでもいいだろう？」

挑発なのか、制裁なのか、快楽のための拷問なのか。陶芸家が無数に作る作品の一つ一つにどれほどの愛着を抱くものか、フサには推測の手がかりもないけれども、彬の行為が下卑《げび》たものであることは間違いがなかった。彬はまた床の間に手を伸ばし、葡萄一房が載るサイズの平たい鉢を取り上げた。

「これも憶えてるよ。おやじが選んだやつだ。おやじはいつも自分はどれがいいと思うか全然言わないから、『たまにはおやじも買ってやれよ』って言ったら、これを選んだんだよな。やっぱりおやじはオーソドックスなのが趣味なんだな。まあオーソドックスなのも悪くないけどな」

　思い出話が終わるが早いか、鉢もまた壁に叩きつけられた。彬は続いて人間の頭ほどの大きさの壺を引き寄せた。真青な顔で眼元を引きつらせていた梓は、その頃には静かな呼吸を取り戻し、冷淡な無表情になっていた。

「兄さん」

　けだるげではあるけれどやわらかい声音が意外だったのか、彬は「おや？」という顔をすると壺を脇に置いた。

「わたしを怒らせようとしても無駄よ。もう何もかも面倒臭い。兄さんがわたしを殺せばいいのよ。わたしだってこんなみじめな人生、終わるなら終わっていいから」

　梓のことばにフサは焦った。こんなに不快な状況がいつ終わるともなく続けば、気力も理性もすり減ってしまうのは無理もないけれど、投げやりになってはいけない。これを切り抜けさえすれば、わたしたちはどこでも好きな所に行って、これまでとは全く違った楽しい暮らしを始めることができるんだから。そうことばで伝えたくて梓に眼顔で訴えかけると、自分の口のまわりがもう少しでものを言いそうにびくびくと動くのがわかった。梓が何がしか感じ取ったようにフサをじっと見た時、彬の声も降って来た。

「ほら、おまえが変なことを言うから犬が悲しそうじゃないか」

殺すまでの気持ちはないけれど、もし嚙み所が悪くて彬が死んだとしてもそれは罪じゃない、とフサは胸中で唱えた。梓の人生を「みじめな人生」にした彬が許せないという思いが極限にまで達していた。でも冷静に、飛びかかる時機を読み誤らないように、と自分に言い聞かせて、フサは二人の右側にさりげなく回るために、突き立っている包丁と床の間の前を横切り、庭に面したガラス戸の所まで歩いた。体当たりしてガラス戸を破れば、音に驚いて近所の人が覗いてくれるだろうか、という考えが頭をよぎった。彬が近所の人に応対している隙に梓と逃げられる。ガラス戸には厚手のカーテンがかかっている。かなり助走をつけないと、カーテンを突破してガラスを砕くことはできないかも知れない……。

「フサ」

梓が呼んだのは、やっぱり初めに計画した通り右側から彬を襲うしかなさそうだ、と結論づけた時だった。よくぞ呼んでくれた、梓のもとに行くふりをして彬を襲える、と梓と天に感謝して、フサは小走りに二人のいる方向へ向かった。彬は壺の縁に手をかけ寛いでいる。まずはあの二の腕か肩に嚙みつけるだろう。フサは満を持して跳躍しようと後肢に力を込めた。ところが伸び上がろうとした時に正面でフサを迎えたのは、畳の上にあったはずの壺だった。しかも、その壺は瞬時に近づいて来た。激しい衝撃が頭から鼻に抜け、眼の前が真白になった。跳べない、体が言うことを聞かない、と怪しみながら、壺の破片のいくつかを下敷きにフサは倒れた。

意識は薄くなったり戻ったりしたのだろうと思う。梓が背後に体を浴びせるような動きをすると、固い物同士がぶつかる痛そうな音が響いて、二人の体が離れるのが見えた。次に気がついた時には、畳から包丁が消えていた。眼を凝らすと、畳に額がつきそうなほど前のめりになった彬の後頭部に、何度も包丁の柄が振り下ろされていた。額が温かいのは血が出ているからかと考えるうちに気が遠くなり、頭の温かさのせいでまたふっと我に返る。畳の上で彬が梓に覆いかぶさっている。彬の後頭部の髪の毛の一部が血に染まっている。「犬なんか殺したって器物損壊罪にしかならないんだよ」という彬の声がする。　包丁を持った梓の手が彬の背中の上に現われ、もう一方の手も伸びて来て固く柄を握ると、鈍く光る刃が彬の体に向かって落ちて行った。

彬は死んだだろうか、とフサは考えた。わたしも死ぬんだろうか。彬を成敗《せいばい》することもできず、梓を救い出すこともできず、何だかすごくあっけない死に方じゃないだろうか。ほんとうに犬死にになってしまうようだ。梓の手を汚させたくはなかった。わたしはやっぱり彬の言うように駄犬だったんだろうか。駄犬でも梓はわたしがいることを喜んでくれていたのだから悲観はしないけれど。梓を置いて死ななければならないのがくやしい。梓はこの後どうなるんだろう? 自殺してしまうのでは? そういえば、わたしはどうなるんだろう? 朱尾と契約した「魂を渡す」というのがどんなことか、ついにわかるわけだ。魂を渡す条件は何だったか……。

梓のバッグの中で携帯電話が鳴り出した。呼び出し音が今のフサには目覚まし時計のアラームのようにも聞こえたけれど、目覚めるのではなく、フサは意識の根っこをもぎ取られるように暗闇の中に落ち込んだ。

# 結尾

*ketsubi*

ほんのりとした明るみにフサはいた。その光のやわらかさは夢うつつの世界と似ていたけれども、使い馴れた書見台《しょけん》もデジタル・オーディオ・プレイヤーも見当たらなかった。形のある物が何一つないので、眼がちゃんと見えているのかどうかよくわからない。自分の前肢《まえあし》が見えるかと俯《うつむ》こうとして、俯くことができないのに気づいた。体のどこにも力が入らない。自分が今どんな姿勢をとっているのかもはっきりしない。体がないのかも知れなかった。ただ光と、近くに朱尾《あけお》がいることだけは感じられた。

「わたしがわかるか？」

以前と同じように、朱尾のことばは耳に聞こえるのではなく直接フサの意識の中に入って来た。それが刺戟になってか、犬としての命が終わる寸前の記憶が急激に甦った。

フサは声なきことばで尋ねた。

「梓《あずさ》は？」

「梓は梓の人生を歩んでいるよ」

「ああ、じゃあ生きてるんだ」

いったんほっとしてから、いや、この場合、生きているのが幸いとは限らないんだった、と思い直した。生きているのならどこでどうしているのか、と次の質問をするのが怖かった。そういえば、犬として死んでから今までどれくらいの時間がたったかもフサは知らないのだった。そんなフサの心の内は見通しているだろうに、朱尾はわざとらしくゆっくりと話を進める。

「あの時梓は自殺するんじゃないかと思ったが、それはなかったな。携帯電話を鳴らしたのがよかったのかも知れない。外の世界からの呼びかけを耳にして正気を取り戻すということがあるからな」

「やっぱりかけて来たのは朱尾さんだったの？　そんな干渉ができるんだったら、他の手助けもしてくれればいいのに」

「わたしは万能じゃないって何度も言ってるだろう。子供向け番組のヒーローみたいにおまえたちを助けに駆けつけるなんてことはできないんだ」

「電話で梓と何を話したの？」

「挨拶もそこそこに『今兄を殺しました』と言ったよ。おまえも死んだと言うから、『明日の朝にでも外国に飛べば？』と提案してみたんだけれど、『もう人生に対する希望は何もないので自首します』という答だった。気丈《きじょう》だったよ」

胸が痛んだ。ということは体があるんだろうか、と疑問が浮かんだが、すぐに流れて消えた。自首直後の報道やその他の騒動については聞きたくもなかったので、フサは一気に核心に切り込んだ。

「裁判は終わってるの？　刑は？」

「落ちつけ。嚙みつかれるかと思うじゃないか」

わざとじらしているに違いない朱尾に心底いらついたけれど、いらつきを表に出すと朱尾の思う壺なのでフサはぐっとこらえて答を待った。存分に間合いを置いてやっと朱尾は答をよこした。

「懲役五年の実刑だ」

「実刑？　執行猶予は？」

「残念ながら猶予はされなかった。彬に梓への殺意のなかったあの状況では、正当防衛どころか過剰防衛でもなく、単なる衝動的な殺人と見なされるらしい。おまえが殺されたのも彬が自分で言っていたように法的には器物損壊罪にしかならなくて、家族や恋人を殺されたのと同等には捉えられないそうだ」

「何なの？　そのペットを愛する人の感情を無視した法律は？」

「弁護側は、彬による長期にわたる性的虐待と母親による心理的支配が原因で、梓が愛犬との交流に生きる支えを求めるほかはなかったことを、熱心に訴えていたんだがな」

「全部さらけ出されたの、虐待のことは？」

「うん。それゆえに殺人罪としては最も短い五年の刑ですんだといえる」

梓はそれでよかったのだろうか、とフサは案じた。親友の天谷未澄《あまたにみすみ》にすら長い間虐待を隠し通していた梓だ。もっと長い懲役になってもいいから虐待のことは伏せておきたいと望みはしなかったか。人生にはもう何の希望もないということだから、どうでもよかったのか。ふと思いついて尋ねた。

「梓は死刑になりたかったんじゃない？」

「わからないけれど、そこまでは考えていなかったんじゃないか。控訴もしなかったし、粛然《しゅくぜん》と天命を待っていたように見えたよ」

「今は服役中？」

「そうだ。栃木はもう朝晩は冷え込むかも知れないな」

どうやら今は秋らしい。するとフサは四月に死んで半年ほども覚醒しなかったことになる。その間に梓は裁判をすませ拘置所から栃木の刑務所に移ったというわけなのだった。暖かい土地に生まれ育った梓には、これから迎える北関東の冬の寒さがひとしおこたえることだろう。フサのあるのかないのかわからない胸はまた痛んだ。痛みは腹にまで降りて行くようだった。

「梓に会いたい」フサはひとりごととも訴えともつかないことばを吐いた。「犬は刑務所に入れないの？」

「まず、おまえはもう犬じゃない。それから、刑務所では面会が許されるのは親族だけだ。友人もペットも許可が下りない」

口から溜息がこぼれたような気がした。

「梓に面会に行ったり差し入れをしてくれる人はいる？」

「父方の叔母がいる。おまえも見たことがあるだろう。梓の母親のエキセントリックさも父親の鈍さ、無気力さもよくわかっている人物だから、梓に同情しているようだ。拘置所にいた時はわたしも会いに行ったし、天谷未澄も急遽《きゅうきょ》帰国して面会したと聞いた」

それからフサは、〈ホテル乾《いぬい》〉が閉鎖されたこと、事件が大々的に報道されても梓の父親は姿を現わさないこと、玉石家の資産は弁護士が管理していること、朱尾は〈天《てん》狼《ろう》〉をたたみ目下休業中であることなどを聞かされた。

「兄を殺したとはいえ、玉石家の財産は問題なく相続できるようだ。出所して第二の人生を始めるにあたって経済力があるのは心強いな。気持ちよく相続できるものでもないだろうが」朱尾はフサを安心させるように続けた。「梓は今年三十一歳か。三年半で仮釈放されれば三十四、満期まで勤めても三十六。充分若い」

第二の人生ということばがフサに心地よく沁《し》みた。脅《おびや》かす者がいなくなって梓はどんなふうに変わるだろう。未知の国に憧れるように、新しい梓への憧れがみずみずしく湧き起こった。梓の第二の人生につき添えないと思うと、無念さと、フサを殺して梓と引き離した彬への恨みで、身悶《みもだ》えしそうになった。そうした身体的な感覚がいったいどこから生まれるのかということも不思議だった。

「梓に会いたい」フサはもう一度呟きを送った。

「まだ言うのか。諦めの悪いやつだな。もう終わったんだよ、おまえと梓の物語は」

「信じられない」

「諦めた方が楽になるぞ。もっとも、わたしにとっては煩悩《ぼんのう》に苦しむ魂の方が味がいいんだけどな」

フサはようやく人間だった時に交わした朱尾との契約を思い出した。

「朱尾さん、わたしの魂をもう手に入れたつもりになってる？」

「なってるさ。もちろん」

「あれ？　わたしに訊いておかないといけないことがあるんじゃないの？」

「何だ？　犬だった間幸せだったかどうかって件か？　訊くまでもなく幸せだっただろう？　あんなに愛されて。梓はおまえを殺されたから逆上して彬を殺したんじゃないか」

「それは違うわよ。そんな劇的な愛情の証なんて必要ないもの。愛されてることなんか最初からわかってたんだから」

「じゃあ言い方を変えよう。おまえは梓が自ら不幸に幕を下ろすきっかけをつくった。素晴らしい役割を果たせて幸せじゃないか？」

「不意に殴り殺されただけ。役割が小さ過ぎる。嬉しくない。だいたいあそこに至るまでずっと梓の不幸を見てなきゃいけなかった。楽しいことも感動することもあったけど、苦しい時の方が遥かに多かった。どうしてあそこで死ななきゃならなかったのかな。ほんとに幸せに暮らすのはこれからって時に。朱尾さんがわたしをもっと丈夫につくっておいてくれたら死なずにすんだんじゃないの？」

「無茶を言うな」

あの時死んでいなければ、服役する梓と五年間離れても出所後まだ十年なり十五年なりを一緒に生きて行けたのだ。殺人という大罪を犯した梓の、苦悩のつきまとう人生の支えにもなれただろう。そう思うとくやしく悲しく腹立たしく、腹に力を入れ背中と首を伸ばし天に向かって息の続く限り吠えたくなった。朱尾は「おまえはもう犬じゃない」と言ったけれども、今フサには犬の体の感覚がありありと感じられた。現実か錯覚か、フサの耳に自分の吠え声が聞こえるようだった。四肢が地面を踏みしめる感触もしっかりと立ち昇って来た。

「いやはや凄まじい煩悩だな」呆れ嘲る朱尾のことばが届いた。「憶《おぼ》えてるか？　契約では、犬として不幸せな生涯だった場合はそのまま成仏《じょうぶつ》していいことになってたんだぞ。おまえ、未練のあまり成仏できないありさまになってるじゃないか」

相変わらず眼が見えないので、フサには自分がどういう形になっているのかわからなかった。しかし、四肢があり地面があるのはわかったので歩いてみようと足を踏み出した。前に進めているように思えた。そのままフサは歩き出した。

「どこへ行くつもりだ？」

朱尾の気配がぴったりとついて来た。どこへ行くつもりもない、だいいち自分が今どんな世界にいるのかわかっていないフサに、目的地があるはずはなかった。フサはいいかげんに答えた。

「そしたら永遠に歩き続ける羽目《はめ》になるかも知れないぞ」

「わたしはそれでもいい。朱尾さんは次の餌食《えじき》を探す？」

「ああ。収集の対象は常に探す。だけど、今はまだおまえをつけ狙っているんだ。それに、人間の世界にいないおまえは実質わたしのものも同然だからな」

わたしのものも同然？　どういうことだろう。わたしの方はちっとも朱尾のものになった気はしないけれど。そんな疑問もそれほど長く留まりはしなかった。フサは野良犬のように歩いた。歩いていると気が紛《まぎ》れた。いつしか瞼に浮かんだのは黄昏《たそがれ》時、永遠に続く一本道を歩いているイメージだった。成仏できずにさまようというのはこういうものなのか。

朱尾の気配は途絶えなかった。うっとうしくもあったし心強くもあった。きっとわたしたちの後ろには小柄な犬の影と大柄な狼の影が長く伸びているだろう、とフサは想像した。

「煩悩の果てをめざす」

煩悩の果てに辿《たど》り着いたのか、それとも途中で疲れて倒れてしまったのか、フサはまた長い間意識をなくしていたようだった。気がついた時にはこの前と同様ほの白い光に包まれていた。しかし今度は眼が見えた。フサは籐《とう》のバスケットの中にいた。白い毛と黒い毛の生えた小さな前肢も見下ろせた。かつての毛並みと似ているけれど、白黒の配分が違う。バスケットの中は懐かしい乳臭い匂いが充満していた。わけがわからず不安に駆られ、フサは呼んだ。

「朱尾さん」返事がないので続けて呼ぶ。「朱尾さん、朱尾さん、いないの？ どうなってるの、これは？」

「何を騒いでる」

やっと返事があり、バスケットがぐらりと揺れて蓋があいた。青空と、人間の姿の朱尾の顔が眼に飛び込んだ。

「わたし、また犬になってるみたいなんだけど、これって夢？ それとも人間の世界の現実？」

「さあな。よく見てみろ」

バスケットが地面に置かれた。フサは伸び上がってバスケットの縁に前肢をかけた。アスファルト、朱尾の足、車の車輪。車輪の上方に眼をやると、これも懐かしいＢＭＷのオリエントブルーのボディが日差しを反射させ輝いていた。日差しの透き通り具合や、空気のすがすがしさはあきらかに午前中のものだった。土の匂い、緑の匂い、水の匂いもかぐわしく、ここが都会ではないことが察せられた。

「川の匂いがするだろう？　思川《おもいがわ》だ」

朱尾は非常に遠まわしな言い方で、これが現実の人間世界だと教えているようだった。フサはさらに遠くに視線を延ばした。白っぽい低い門とたなびく二本の旗の立つ何かの施設らしい建物が見えた。

「まだわからないのか？　あれから三年半たったんだ」

フサの仔犬の体はぞくぞくとわなないた。

「会えるの？」

「そういうことだ」朱尾は面白くもなさそうな顔をしていた。「おまえがいつまでも成仏しそうになかったから、わたしもさすがについて回るのにうんざりしたんだよ。これならいっそ仕切り直して、おまえにもう一度文句をつける余地もない幸福な犬生《けんせい》を与え、それが無事に終わるのを待つ方が楽だ、と考えたわけだ」

「梓と話はついてるの？　仔犬を贈るっていう」

「叔母さん夫婦が今日都合がつかないから、わたしが迎えに来ることは連絡してある」

「それじゃ飼ってもらえる保証はないじゃない」

「飼うさ。梓だぞ。そして、おまえのその眼。そんな眼を見て飼いたがらない犬好きがいるもんか」

フサは初めて朱尾へのまじりけのない好意で胸がいっぱいになり、バスケットを飛び出すと後肢で立って朱尾の足に抱きついた。

「何柄にもないことをしてるんだ。蹴るぞ」

情味のないことばとは裏腹に、朱尾はそっとフサを持ち上げ胸の所で抱いた。

「これは演出だ。おまえを可愛く見せるための」

フサも負けずに言った。

「気持ちよくないけど我慢する。この高さからの方が梓の顔がよく見えるから」

正面の白っぽい門からボストン・バッグと紙の手提《さ》げ袋を持った女が出て来た。肩につかない程度に切りそろえられた髪形や、微妙に体形に合っていない間に合わせ物ふうのパンツのサイズなどが梓らしくなかったけれど、背格好もいくぶん肩をすぼめた姿勢も歩き方も紛れもなく梓のものだった。梓は朱尾を認めたらしく、軽く頭を下げた。控え目な微笑を浮かべた顔は、何となく輪郭が弛《ゆる》んだかなという印象ではあったけれど、三年半前とあまり変わらなかった。

フサの尻尾はすでに盛んに振られ、朱尾の服に当たってばさばさ音をたてていた。梓の視線が朱尾の顔から胸元に下りた。眼が合った。梓の顔に顕《あら》われた愛情が輝きを放つようにして大きく広がった。泣きたいほどの喜びに胸を甘く疼《うず》かせながら、フサは朱尾の胸を蹴って梓の胸に飛び込んで行った。

解説

# ある「なだらかなあられもなさ」について

## ——松浦理英子『犬身』論

蓮實重彦

### 自転車の走行と転倒

ペダルを漕ぐことぐらい誰にもできる安易な操作なのだから、自転車のハンドルを握って川沿いの土手を走り抜ける若い女性の疾走感を生々しく描写してみせたところで、そこに作家の才能など賭けられているはずもなかろう。自転車の一語を文中にまぎれこませ、その機能にふさわしく小説的な空間を形成させることにも、これといった作家的な手腕が問われるわけではあるまいと誰もが思う。ところが、『犬身』の松浦理英子は、この七年ぶりの新作長編の始まったばかりのところで、この自転車の走行が、作品の核ともいうべきものを引き寄せる貴重な細部であるにとどまらず、自転車のイメージそのものと文学とがとりむすぶ未知の関係を鮮やかに描ききってみせる。ここでの自転車は自転車でありながら、すでに自転車とは異なる機能をも演じ始めているからだ。題名から多くの読者が遠からぬ犬の登場を予想しはするが、それを導入するのが自転車だと気づいている者はまだ誰一人としていまい。

これに先立つ第一章の導入部では、ある地方都市でタウン誌の編集を手伝っている三十歳の八束房恵《やつづかふさえ》が、大学時代から十年来の付き合いである編集長の久喜洋一《くきよういち》と、「暇な時にふと実験でもするように体を組み合わせたことはある」といった程度の関係であることが語られている。「薄暗く垢じみた獣舎のよう」なマンションの編集室を舞台として、腐れ縁めいた男の腋臭《わきが》への執着といった彼女のいくぶんか動物めいた生態があれこれ語られていただけに、それに続く断章での女の自転車の走行は、とりわけ爽快なイメージにおさまることになる。

実際、「まっすぐに続く土手の上を房恵は軽快にペダルを漕いで走った」という一行で始まるこの段落の言葉を追う者は、「獣舎のような」密閉空間から一気に遠ざかることに解放感を覚えながら、こんな転調を一息にやってのける松浦理英子はまぎれもない小説家だと安堵し、その才能の新たな展開に向けて心を震わせる。この自転車の走行が、爽快さの印象をきわだたせるだけで終わるはずもなかろうと誰もが確信するからである。その確信にふさわしく、「軽快にペダルを漕」ぐ房恵の脳裏には、『犬身』という題名そのものをみずから実現すること、つまり、自分自身が文字通り犬のからだでありたいという深い思いが萌してくる。いまだ潜在的なものにとどまっているその思いの微妙な振幅が、呆気ないほどのあられもなさで、しかもごくなだらかに語られようとしているのである。

読む者が惹きつけられるのは、松浦理英子だけに許されたこの「あられもないなだらかさ」、あるいは「なだらかなあられもなさ」ともいうべき言葉遣いにほかならない。人は、土手を走り抜ける自転車のリズムに同調しながら、不吉なまでに澄んだ転調の気配とともに、その尋常ならざる思いがどんな言説におさまることになるのか、息を殺して見まもることになる。異常なできごとを招きよせようとする作家がしばしばやってのける無償の挑発性のまったき不在が、かえっておだやかな不気味さをあたりにゆきわたらせる。この小説家にあっては、作家的な野心——何とも下品な言葉だ——さえ、それをおおいつくす「なだらかなあられもなさ」あるいは「あられもないなだらかさ」にまぎれて、すぐには人目に触れない。

だからといって、ここでは、近代における散文形式のフィクションが、その限界をいつ超えても不思議でないという胸苦しい予感をあたりに波及させながら、言葉の配置を乱しにかかったりはしない。犬の主題と戯れた少なからぬ数の先人たちの名前が、滝沢馬琴からエリック・サティにいたるまであれこれ引かれ、間テクスト的な仕掛けも周到に施されてはいるが、それが時代の最先端にあることのあかしだと錯覚し、つい「メタ・フィクション」に逃れがちな現代風の作家たちのあの「あられもないあられもなさ」を、松浦理英子はきっぱりと斥けているのである。

実際、この部分のみならず、「犬憧」、「犬暁」、「犬愁」、「犬暮」という四章からなり、それにごく短い「結尾」がそえられているこの長編のどの部分においても、言葉は物語の流れにつれてごくなだらかな言説におさまり、いたずらに読む意識を困惑させたりはしない。題名や章立てにみられる「犬」を含む二つの漢字の律儀な組み合わせにもかかわらず、『犬身』の言葉は、どこまでも和語的なたおやかさにおさまっている。

では、自転車そのものに何やら特殊な細工がほどこされているかといえば、そうでもない。それは「主婦が買物に使うような平凡なシティ・サイクルで、特に恰好のいい物でもなければスピードを出すのにふさわしいつくりにもなっていなかった」というのだから、どこにでも見かけるごくありきたりな二輪のオブジェでしかない。しかし、舞台装置や小道具の日常性にもかかわらず、その「お気に入りの走行コース」でペダルを漕いでいると、ふと尋常ならざるイメージが房恵の心をよぎる。しかも、それはいつものことだとも書かれているのだから、この女性は、日頃から、「尋常ならざるもの」と「尋常なもの」とを、ほぼ同じものとしてごく自然に受け入れているのだろう。『犬身』のつきぬ魅力は、その二つのものの矛盾することのない融合にあるといってよい。

とはいえ、「自転車で土手を走る時、房恵の頭には自分が中型の犬になって元気よく駆けるイメージが思い浮かぶ」という一行に接するとき、人は、そこにある種の比喩めいたものを読みとり、それをも日常的な事態として消費できるはずだとひとまず高を括る。だが、松浦理英子の筆は、ごく尋常な言葉の配置をとどめつつ、いきなり妄想へと逃れたりもせぬまま、そのイメージのおさまるべきただならぬ光景へと読む者をゆっくりと誘う。そこでも、ハンドルを握る自転車がそうであるように、ごくありきたりな犬が召喚されていることに改めて注目せざるをえない。何しろ、「猟犬や軍用犬のような人為的に品種改良されたスマートな犬が疾駆する立派過ぎる絵柄ではなく、犬の原種の姿形をとどめた柴犬ふうの雑種犬が懸命にではなく自分に心地いいスピードで走っているさまが、心になじむ」というのだから、ペダルを漕ぐ房恵は、ごく普通であることの普通性を通じて、どうすればよいのかもわからぬまま、その存在さえ確信の持てぬ犬性の本質ともいうべきものに触れようとしているかに見える。

ここで見落としてならぬのは、そう書き綴る作者の筆遣いに、「懸命にではなく自分に心地いいスピードで走っている」という「雑種犬」にも似た無理のないリズム――ごく普通であることの普通性――が感じとれることだ。その感覚は、この長編が、ことによると、すでに普通の犬によって書かれているのかも知れないという戦慄となって、読む意識を乱しにかかる。『犬身』が、尋常ならざる何かに触れるのはまさにその点にほかならない。ようやくそのことに気づく読者は、遥かに犬啼山《いぬなきやま》を望む地方都市狗児《くじ》の犬《いぬ》洗川《あらいがわ》の土手を走り抜ける自転車が、日々くりかえされるその運動感において、とらえがたい犬性の本質に向けてやみくもに疾駆しているのだと思いあたる。

二者択一

確かに、この世界には、犬好きな人間など掃いて捨てるほど棲息している。だが、「走っているうちにほんとうに犬になれればいいのに、といつも思う。そうでなければ、自分はほんとうは犬なのにたまたま人間に生まれてしまったのではないかと思う。どちらの思いも房恵を軽く昂奮させる」という記述から、この長編のヒロインが、ときならぬペットブームを支えるあの醜い犬好きどもとはおよそ異質の倒錯性をそなえた存在であることがわかる。みずから「犬化《いぬか》願望」と名づける房恵の倒錯性にはかなりの年期が入っているのだが、小学初年時いらい、それを何度口にしても相手にされぬまま、最近では「種同一性障害」といった言葉で自分なりに何とか事態を認識しようとしている。

だが、『犬身』は、作中人物の一人であり、物語の話者の役割りをも担っている房恵が口にする「犬化願望」や「種同一性障害」といった言葉ではとうてい解釈しきれない豊かな作品である。実際、批評的な言説にその二語をまぎれこませたとたんに、作品がまとうフィクションとしての微妙なとらえがたさは、視界からするすると遠ざかってしまう。それは、『犬身』が、何よりもまず、犬になるという「生成」の物語にほかならず、「生成」それじたいは、いささかも倒錯的な事態ではないからである。

真の「生成」に身を委ねるには、あくまで潜在的なものにとどまっている漠たる思いの顕在化を誘発する現実のできごとが生きられねばならない。現実のできごととは、いうまでもなく他者の介入を前提としており、自分ひとりでこのまま犬になれればよいと思い、また自分は人間のかたちをした犬なのだと思ったりしながら「軽く昂奮」しているだけでは、「生成」など起こりようもないからである。「生成」は、「軽く昂奮」することとはおよそ無縁の苛酷な体験なのだ。そんな房恵に欠けているのは、二者択一と向かいあってその一方を選択する勇気にほかならない。松浦理英子が誰にも真似のできない「なだらかなあられもなさ」で読者を誘うのは、「軽く昂奮」することからみずから選択することへのゆるやかな運動なのである。

いまペダルを漕いでいる若い女性は、そうとも知らぬまま、選択の瞬間を引き寄せている。実際、彼女はあるとき選ばねばならない。だが、何を選択し、何を排除すればよいのかはまだ知らずにいる。二者選択の機会は、犬になりたいと思い続ける主体からではなく、それとは縁もゆかりもない他者からやってくるものだからである。ところが、いつ、誰が、何を契機として、いかなる手段で、どんな対価と引き替えに、その倒錯的な欲望の達成に力を貸してくれることになるのか、房恵はまだ考えたことすらない。また、誰に飼われることを願って犬への変貌を決意するかも、まだ知らずにいる。「犬化願望」とは、自分はあくまで人間なのだという無力感の表明でしかなく、そこから脱するには、複数の他人との遭遇が不可欠だが、その遭遇は、彼女を二者択一と直面させずにはおかないはずだ。その選択の契機を導きだす小道具が、土手を走り抜ける何の変哲もない自転車なのである。

「人間は面倒臭い。犬になりたい」。そんなあられもない思いをこめてなだらかにペダルを漕いでいた房恵は、「不意にこちらを見つめる眼とぶつか」る。二人の視線が交錯しあうのを待っていたかのように会釈を送る相手が誰だかすぐには思い出せないが、ややあってから、それが意味深長な二者択一を論じあった仲であることを記憶に蘇らせる。会釈する男は〈天狼《てんろう》〉というバーのマスターであり、その店を飾っているジャコメッティの彫刻『犬』のレプリカをめぐって交わしたやや高踏的な会話に、問題の二者択一が含まれていたのである。

ハンドルを握る房恵が思い出すのは、カウンターの奥に「獣毛を使った本物そっくりの精巧な狼のマスクが置いてあ」るバーでのこんなやりとりだ。彫刻家の「ぼくは以前この犬だった」という言葉を知っている彼女は、客からそれを引き出そうとするマスターに向かって、「『これからこの犬になるんだ』っていう科白《せりふ》だったらもっとよかったのに」と述べてから、「せっかく犬だったのに人間なんかに身を落とすことはない」といいそえる。それが、試練としての二者択一であることはいうまでもない。すなわち、ジャコメッティの彫刻『犬』を前にして、「ぼくは以前この犬だった」と口にするか、それとも「これからこの犬になるんだ」と口にするかという選択である。迷いなく後者を選ぶ房恵は、そのことでつれの久喜と派手な喧嘩を演じてしまったことも思い出すのだが、ここで見落としてならないのは、房恵が、マスターが引き出そうとした言葉以上のことをつぶやきながら、そうとも意識することなくある試練を通過しており、その記憶が、ペダルを漕ぐ彼女の脳裏に蘇ったという事実である。

「どのみちもうあの店に行くこともない」と思ってマスターから遠ざかる房恵は、ハンドルを握ったまま、スーパーマーケット近くで陶芸家の玉石梓《たまいしあずさ》と出会う。次の断章の半ばでのことだが、時間は前の断章からそのまま続いている。編集長の久喜が「妙なまめかしさのある人」だと断じたこの女性陶芸家とは、タウン誌『犬の眼』の取材で会ったことがあるのだが、その飼い犬のナツの可愛らしさに房恵はぞっこん参っている。ここでも「ハンドルを切った房恵の視野に、ナツの面影が一瞬浮かんだような気がした」と書かれているのだから、この出会いもまた、ペダルを漕いでいるときに起きている。自転車は、文字通り他者との遭遇を誘発する装置であり、そのつど二者択一を増殖させる装置なのである。その増殖する二者択一とは、どんなものか。

まず、陶芸家と並んで家路をたどろうとする房恵は、少年たちが蹴り合うサッカーボールをいきなり腰に受け止め、均衡を失う。自転車の重みでかたわらの陶芸家の愛犬ナツを押しつぶすまいとして無理な姿勢で倒れ、彼女はしたたかに傷を負う。いうまでもなく、そのとき起こっているのは、他人の愛くるしい犬を傷つけるか、それとも自分自身が傷を負うかの二者択一にほかならず、彼女は躊躇なく後者を選択している。

その事故に見舞われたのがたまたまバー〈天狼〉の前だったことから、房恵はマスターから傷の治療をしてもらうことになる。それをうながしたのは、「大丈夫ですよ」と応じた彼女に対する「あなたたちはいつも、大丈夫か大丈夫じゃないか確かめもしないで、大丈夫だと答える」というマスターの「語気は強くないけれども非難するような」言辞である。そのときの房恵には、その非難めいた言葉を、二者択一にあってはどこまでも慎重でなければならないと翻訳している余裕などありはしない。「どのみちもうあの店に行くこともない」と思っていた場所にあっさり足を踏み入れることになった彼女は、つきそって店内に入った梓とマスターとの間でくりかえされるジャコメッティの『犬』をめぐる二者択一を黙って聞いているばかりだ。それは、「かつて犬だった人間」と「かつて人間だった犬」のどちらを選ぶかという形式におさまるもので、「純粋の犬」がいいに決まっているという梓の答えに房恵は驚きの反応を送ることしかできない。別れぎわに、男は、名刺を二人に手渡し、再度の来店をうながす。

かくして、自転車の転倒を機に玉石梓、朱尾献《あけおけん》、八束房恵というトライアングルが結成され、二者択一の増殖はそこでいったん終息したかに見える。だが、その夜、思いのほかの傷の痛みにあれこれ事故の状況を把握しなおそうとしながら、房恵は、決定的な二者択一が梓によってても演じられていたはずだと思いあたる。倒れかかって思わずナッを救おうとしたのが自分一人ではなく、梓もまた、「自転車の前輪を蹴りつけ」ることで同じ目的をはたそうとしたに違いない。それは錯覚かもしれないが、どうもそう思えてならないというのだ。実際、松浦理英子はこう書いている。「自分の愛犬が怪我をするのより赤の他人が怪我をする方を迷いもなく選ぶ。そういう玉石梓に房恵は強い好意を感じた。それが『玉石梓の犬になりたい』という思いの始まりだった」。

後に、二人の仲がより親密なものになってから、そのときのことを改めて話題にしながら、「もしかしてわたしの自転車を蹴った？」と房恵が尋ねると、「蹴りました」というあっけらかんとした答えが梓から返ってくる。いたるところに二者択一を増殖させていた疾走する自転車は、こうして、ハンドルを握る女性を転倒させることで、「玉石梓の犬になりたい」という決定的な思いを彼女の中に深く定着させることになる。

## トライアングル

玉石梓、朱尾献、八束房恵というトライアングルが形成されたとき、五〇〇ページを超える『犬身』はまだその十分の一にも達していない。また、朱尾の妖しげな手助けで房恵が梓の犬へと変身するのは全編のほぼ三分の一にあたる一三七ページのことなのだから、自転車の走行から転倒までを描いたほんの二〇ページほどの二つの断章をやや詳しく読んで見ただけで、この長編のまとう豊かな斬新さを論じつくせるはずもない。ただ、いつ崩れても不思議でないこのトライアングルのあやういバランスの推移として『犬身』が語られてゆくのは確かな事実であり、そのあやうさの上に「生成」を仮構する松浦理英子のなだらかな筆遣いが視界から遠ざけているものに触れるには、自転車が導入する試練としての二者択一にたえず立ち戻らねばならない。その走行が作品の核ともいうべきものを引き寄せる貴重な細部だと書いておいたのは、そうした理由による。

では、肝心の犬への「生成」はどのように成就することになるのか。ここでは、バー〈天狼〉に置かれていた「獣毛を使った本物そっくりの精巧な狼のマスク」が、房恵のフサへの変貌にどんな役割を担ったかについては詳しく語らずにおく。そもそも、「自分がどんなふうにして犬になったのか、朱尾献がいったいどんな術を使ったのか、見きわめることはできなかった」というのだから、話者たる房恵＝フサさえそれを証言しえないかたちで事態は推移したのである。つまり、いったん玉石梓、朱尾献、八束房恵というトライアングルが形成され、そこに二者択一の試練がかさねあわされると、あとはすべてが嘘としか思えぬたやすさで進行するのである。だから、犬であるはずのフサが、なお朱尾と会話らしきものを交わし続けていられるのはなぜか、などと問うてはならない。

ただ、トライアングルの形成から「生成」の瞬間まで、一〇〇ページ近い言葉が費やされているという事実はあえて指摘しておきたい。犬への変身は、三人の間に誘惑や媚態や懇願がいくつも行きかったあげくにようやく契約が交わされ、何の強制もなく、ごくおだやかに進行するのであり、松浦理英子は、結果そのものよりも、それを導きだすプロセスの描写に贅沢な時間を費やしている。

ようやく覚悟を決めて身のまわりのものを始末してバー〈天狼〉に姿を見せた房恵に「安心して気を失ってください」とうながす朱尾が、最後の試練を二者択一のかたちで提示していることはいうまでもない。実際、変身に向けて無防備な酔い心地を味わいつくしている女にふさわしいBGMをめぐって、彼は、「ハウリン・ウルフとハウンド・ドッグ・テイラーとどっちがいいですか？」と尋ねているのだ。朱尾の正体がどうやら狼の化身だと薄々気づいているにもかかわらず、彼のさしだす〈犬の蜜〉などのあやしげなカクテルですでに「酔い心地」の房恵は、あられもなく「犬の方」を選択するのみで、「狼の方がいいのに」という朱尾の低いつぶやきに傾ける耳を持とうとはしない。

長年の腐れ縁をたちきって久喜洋一の前から姿を消し、朱尾献のはからいで玉石梓の飼い犬となることに成功した八束房恵が、愛犬フサとして彼女のかたわらでどんな生活を送ることになるのか、その仔細を語ることはやはりさしひかえておきたい。また、そこでのフサが梓の家族のどんな秘密を目撃することになるのかも、詳しくは触れずにおく。ここで指摘しておくべきは、残された久喜がパートナーの不意の消滅をことさら奇怪とも思わず、故郷に戻ったものと素直に信じ、行方不明者として警察に捜索を依頼することもないという事実につきている。房恵による日常生活からのひそかな撤退は、さらなる不可解な男女の消滅を惹起するからである。玉石梓の兄彬《あきら》の妻の佐也子《さやこ》とその父親のごく曖昧な雲隠れとがそれにあたっている。

こうして、自転車が導入するトライアングルが、あらたに消滅者のトライアングルともいうべきものの形成を誘発していることに、読者は呆気にとられている暇もない。その二つ目のトライアングルは、玉石家の母、兄、妹という肉親のトライアングルをたちどころにかたちづくることになるからだ。しかも、それは、事態に応じて、母、娘、息子というトライアングルへと自在に姿を変えたりもするのである。『犬身』は、いくつものトライアングルの微妙な葛藤として語られる物語にほかならない。

そうした構造を目のあたりにすると、犬へと変身する若い女性をヒロインとしたことだけがこの作品の斬新な魅力ではないことに、誰もが気づく。実際、カフカの『変身』などと異なり、ここでの変身はもっぱら当事者同士の意図を実現したものにほかならず、そこにはいささかの不条理も影は落としていない。『犬身』が、変身の物語である以前に、何よりもまず、これまでトライアングルと呼んできた「三角関係」の物語として読まれねばならないのは、そうした理由による。

「三角関係」とは、いうまでもなく、近代における散文形式のフィクションの多くが基本の題材とした心理的な葛藤構造にほかならないが、松浦理英子は、うんざりするほかはないその葛藤構造をここで小気味よく脱臼させてみせる。房恵の犬への「生成」は、兄彬と梓との近親相姦的な性交渉がそうであるように、あくまで「三角関係」を脱臼するための手段にほかならず、それを描くことが作品のめざす真の目的ではない。「性行為に執着はない」という房恵が梓の犬になりたいのは、そこに「キスだの乳房だの性器だのの性的な事柄はいっさい出て来ない」からなのだが、その非性器的な振る舞いが、「三角関係」という葛藤構造を無効にすることになるのはいうまでもない。

誰もが知るごとく、「三角関係」を成立せしめる心理的な葛藤構造とは、本質的には、異性である他者の所有をめぐるものであり、そうと明言されていなくとも、そこには肉体的な所有が暗黙の前提とされている。同性の所有としてもその葛藤構造に多くの変化は及ぶまいが、松浦理英子が描こうとしているのは、いたるところで社会を成立せしめる他者の所有という権力関係が隠している「性的な事柄」のあやうさだといえるかもしれない。あるいは、そのあやうさにもかかわらず、それがなお執拗に社会を支えていることにうんざりしている三人の男女を視界に浮上せしめた作品が『犬身』だといってもよい。その意味で、これはあからさまに反社会的な作品なのだが、非性器的といってもよかろうその反社会性もまた、松浦理英子のなだらかな言葉遣いの陰に身を隠し、たやすく人目に触れることはない。

非性器的なトライアングルが、多かれ少なかれ性器的な結合を前提とせざるをえない家族のトライアングルに対して優位に立つことで、この長編の物語は終わりを迎える。その結末を詳しく見ている余裕はないが、それを準備しているのが、「選択肢は三つにふえたぞ」という梓を前にした兄の彬の断定であることは見落とさずにおこう。「おまえがおれを殺すか、二人とも死ぬか、でなきゃ二人でずっと一緒に生きて行くか、だ」。この言葉は、これまで作品を支えてきた物語の構造の一貫性を雄弁に立証している。

梓がそれのどれを選択したか、その結果としてフサがどんな運命をたどることになるのかに触れている時間はもはや残されていない。ただ、『犬身』をめぐるこの文章を終えるにあたって、これまで述べてきたことをくつがえすことにもなりかねない一つの事実を指摘しておきたいと思う。それは、作品を読むことが、その物語の構造の解明とはまったく無縁ではないにせよ、それとはおよそ異質の体験だという文学の現実にほかならない。作品の豊かさを擁護するには、構造には還元しえないどんな細部が読む意識をまがまがしく騒がせ、人々が、そうした細部とどれだけ無防備に接しうるかにかかっているからだ。

そんな意義深い細部の一つとして、この作品のもっとも美しい挿話を紹介しておく。前後関係は省略するが、第二章「犬暁」の最後から二つ目の断章である。とりわけ、「ふと気配を感じて頭を上げると、暗闇の中で映える銀色の毛の狼が四本の肢をすっと伸ばしたきれいな姿勢で立っていた」で始まる部分のなまめかしさは、尋常のものではない。夜の暗さにつつまれたまま、小犬のフサはだまってそのあとを追い、草叢をかきわけて小高い丘に達したところで、せせらぎのほとりで足をとめる。その冷たい水が、フサの乾いた喉を潤す。やや距離を置いた地面に横たわる狼は、目をかすかに光らせながら小犬を見つめている。たったそれだけのことなのに、そこには驚くほど豊かな細部が拡がりだしている。『犬身』を二七八ページまでたどった者は思わず息を呑み、トライアングルからは思い切り離れた場所で、松浦理英子がまぎれもない小説家だとつぶやくことしかできない。そのつぶやきとともに、人は、五〇五ページまで続く言葉の「なめらかなあられもなさ」を、時間をかけて味わいつくそうと覚悟を決める。

（はすみ　しげひこ／フランス文学、評論家）

＊初出「小説トリッパー」二〇〇七年冬季号。文中のページ数は初出時のまま、単行本のページで表記しているが、一三七、二七八、五〇五ページは、文庫版ではそれぞれ上巻一六五、上巻三三五、下巻二七七ページに相当する。

犬身《けんしん》　下　　朝日文庫

2020年1月30日　第1刷発行

著　者　松浦理英子《まつうらりえこ》

発行者　三宮博信
発行所　朝日新聞出版
〒104-8011　東京都中央区築地5-3-2
電話　03-5541-8832（編集）
03-5540-7793（販売）
印刷製本　大日本印刷株式会社



ISBN978-4-02-264946-1